P9-CJR-975

ISBN 978-0-332-35965-6
PIBN 10982944

FB &c Ltd, Dalton House, 60 Windsor Avenue, London, SW19 2RR.
Company number 08720141. Registered in England and Wales.

For support please visit www.forgottenbooks.com

O GAÚCHO

I

O PAMPA

Como são melancholicas e solemnes, ao pino do sol, as vastas campinas que cingem as margens do Uruguay e seus affluentes!

A savana se desfralda a perder de vista, ondulando pelas sangas e cochilhas que figuram as fluctuações das vagas n'esse verde oceano. Mais profunda parece aqui a solidão, e mais pavorosa, do que na immensidade dos mares.

É o mesmo ermo, porém sellado pela immobilidade, e como que estupefacto ante a magestade do firmamento.

Raro corta o espaço, cheio de luz, um passaro erradio, demandando a sombra, longe na restinga de mato que borda as orlas de algum arroio. A trecho passa o poldro bravio, desgarrado do magote; eil-o que se vai retouçando alegremente babujar a grama do proximo banhado.

No seio das ondas o nauta sente-se isolado: é atomo envolto n'uma dobra do infinito. A ambula immensa tem só duas faces convexas, o mar e o céo. Mas em ambas a scena é vivaz e palpitante. As ondas se agitam em constante fluctuação; têm uma voz, murmuram. No firmamento as nuvens cambiam a cada instante ao sôpro do vento; ha n'ellas uma physionomia, um gesto.

A tela oceanica, sempre magestosa e esplendida, resumbra possante vitalidade. O mesmo pégo, insondavel abysmo, exubera de força creadora; myriades de animaes o povoam, que surgem á flôr d'agua.

O pampa ao contrario é o pasmo, o torpor da natureza.

O viandante, perdido na immensa planicie, fica mais que isolado, fica oppresso. Em torno d'elle faz-se o vacuo: subita paralysia invade o espaço, que pesa sobre o homem como livida mortalha.

Lavor de jaspe, imbutido na lamina azul do céo, é a nuvem. O chão semelha a vasta lapida musgosa de extenso pavimento. Por toda a parte a immutabilidade. Nem um bafo para que essa natureza palpite; nem um rumor que simule o balbuciar do deserto.

Pasmosa inanição da vida no seio de um alluvio de luz!

O pampa é a patria do tufão. Ahi, nas estepes nuas, impera o rei dos ventos. Para a furia dos elementos inventou o Creador as rijezas cadavericas da natureza. Diante da vaga impetuosa collocou o rochedo; como leito do furacão estendeu pela terra as infindas savanas da America e os ardentes areaes da Africa.

Arroja-se o furacão pelas vastas planicies; espoja-se n'ellas como o potro indomito; convolve a terra e o céo em espesso turbilhão. Afinal a natureza entra em repouso; serena a tempestade; queda-se o deserto como d'antes, placido e inalteravel.

É a mesma face impassivel; não ha ali sorriso, nem ruga. Passou a borrasca, mas não ficaram vestigios. A savana permanece como foi hontem, como ha de ser amanhã, até o dia em que o verme *homem* corroer essa crosta secular do deserto.

Ao pôr do sol perde o pampa os toques ardentes da luz meridional. As grandes sombras, que não interceptam montes nem selvas, desdobram-se lentamente pelo campo fóra. É então que assenta perfeitamente na immensa planicie o nome castelhano. A *savana* figura realmente um vasto lençol desfraldado por sobre a terra, e velando a virgem natureza americana.

Essa physionomia crepuscular do deserto é suave nos primeiros momentos; mas logo após resumbra tão funda tristeza que estringe a alma. Parece que o vasto e immenso orbe cerra-se e vai minguando a ponto de espremer o coração.

Cada região da terra tem uma alma sua, raio creador que lhe imprime o cunho da originalidade. A natureza infiltra em todos os seres que ella gera e nutre aquella seiva propria; e fórma assim uma familia na grande sociedade universal

Quantos seres habitam as estepes americanas, sejam homem, animal ou planta, inspiram n'ellas uma alma pampa. Tem grandes virtudes essa alma. A coragem, a sobriedade, a rapidez são indigenas da savana.

No seio d'essa profunda solidão, onde não ha guarida para defeza, nem sombra para abrigo, é preciso affrontar o deserto com intrepidez, soffrer as privações com paciencia, e supprimir as distancias pela velocidade.

Até a arvore solitaria que se ergue no meio dos pampas é typo d'essas virtudes. Seu aspecto tem o quer que seja de arrojado e destemido; n'aquelle tronco derreado, n'aquelles galhos convulsos, na folhagem desgrenhada, ha uma attitude athletica. Logo se conhece que a arvore já lutou com o pampeiro e o venceu. Uma terra secca e poucos orvalhos bastam á sua nutrição. A arvore é sobria e feita ás inclemencias do sol abrazador. Veiu de longe a semente; trouxe-a o tufão nas azas e atirou-a ali, onde medrou. É uma planta emigrante.

Como a arvore, são a ema, o touro, o corcel, todos os filhos bravios da savana.

Nenhum ente, porém, inspira mais energicamente a alma pampa do que o homem, o *gaúcho*. De cada sêr que povôa o deserto, toma elle o melhor; tem a velocidade da ema ou da corça, os brios do corcel e a vehemencia do touro.

O coração, fêl-o a natureza franco e descortinado como a vasta cochilha; a paixão que o agita lembra os impetos do furacão, o mesmo bramido, a mesma pujança. A esse turbilhão do sentimento era indispensavel uma amplitude de coração, immensa como a savana.

Tal é o pampa:

Esta palavra originaria da lingua kichúa significa simplesmente o plaino; mas sob á fria expressão do vocabulo está viva e palpitante a ideia Pronunciai o nome, como o povo que o inventou. Não vêdes no som cheio da voz, que rebôa e se vai propagando expirar no vago, a imagem fiel da savana a dilatar-se por horizontes infindos? Não ouvis n'essa magestosa onomatopéa repercutir a surdina profunda e merencoria da vasta solidão?

Nas margens do Uruguay, onde a civilisação já babujou a virgindade primitiva d'essas regiões, perdeu o pampa seu bello nome americano. O gaúcho, habitante da savana, dá-lhe o nome de campanha.

II

O VIAJANTE

Corria o anno de 1832.

Na manhã de 29 de setembro um cavalleiro corria a toda brida pela verde campanha que se estende ao longo da margem esquerda do Jaguarão.

Deixára o pouso pela alvorada e seguia em direcção ao nascente. Para abreviar a jornada, se desviára da estrada e tomára por meio dos campos, como quem tinha perfeito conhecimento do lugar.

Não o detinham os obstaculos que por ventura encontrava em sua róta batida, mas não trilhada. Vallados, seu cavallo murzello os franqueava de um salto, sem hesitar; sangas e arroios atravessava-os a nado, quando não faziam vau.

Era o cavalleiro moço de 22 annos quando muito, alto, de talhe delgado, mas robusto. Tinha a face tostada pelo sol e sombreada por um buço negro e já espesso. Cobria-lhe a fronte larga um chapéo desabado de baêta preta. O rosto comprido, o nariz adunco, os olhos vivos e scintillantes davam á sua physionomia a expressão brusca e alerta das aves de altaneria. Essa alma devia ter o arrojo e a velocidade do vôo do gavião.

Pelo trajo se reconhecia o gaúcho. O ponche de panno azul forrado de pellucia escarlate cahia-lhe dos hombros. A aba revirada sobre a espadua direita mostrava a cinta onde se cruzavam a longa faca de ponta e o amolador em fórma de lima.

Era côr de laranja o cheripá de lã enrolado nos quadris, em volta das bragas escuras que desciam pouco além do joelho. Trazia botas inteiriças de potrilho, rugadas sobre o peito do pé e ornadas com as grossas chilenas de prata.

O murzello, cavallo grande e fogoso, não tinha bonita estampa. Vinha arreiado á gaúcha; as redeas e o fiador mostravam guarnições de prata; eram do mesmo metal os bocaes dos estribos á picaria e o cabo do rebenque de guasca, preso ao punho da mão direita.

Na anca do animal enrolava-se o laço abotoado á cinxa, e do lado opposto os fieis das bolas retousadas de couro, que descansavam no lombilho de uma e outra banda. Pela perna esquerda do cavalleiro descia a ponta da lança gaúcha, cuja haste presa á carona apoiava-se de revez no flanco do animal.

Quem não conhecesse os costumes da provincia do Rio Grande do Sul, supporia que esse cavalleiro ia n'aquella desfilada correr alguma rez no campo, ou fazer uma excursão a qualquer charqueada proxima. Mas as pessoas vaqueanas reconheceriam á primeira vista um viajante á escoteira.

Com effeito ao lado do gaúcho galopavam relinchando tres cavallos, qual d'elles mais lindo e garboso; porém nenhum tão valente e brioso como o murzello, que os distanciava a todos, apezar de montado; e não era animal que precisasse de ser advertido pelo roçar das chilenas.

Estava fresca a manhã. Em setembro ainda reina o inverno na campanha; e n'esse dia soprava o minuano, vento glacial, que desce dos

Andes. Apezar do sol que dardejava em um céo limpido e azul, o frio cortava.

Depois de algum tempo de marcha, avistou o gaúcho no meio do campo o rancho de um posteiro, que assim chamam nas estancias os vaqueiros incumbidos de guardar o gado solto. Encontram-se d'estas choupanas de distancia em distancia pela extensão dos grandes pastos.

O viajante botou o animal para o rancho.

Pela porta aberta via-se no interior um homem deitado no chão sobre um pellêgo, e um fogo a arder no fundo.

— Olá, amigo, Deus o salve!

— Para o servir; respondeu o posteiro virando-se de bruços e levantando a cabeça.

— Sabe-me dizer si o coronel estará em Jaguarão?

— Homem, deve estar.

— Então não sabe com certeza?

— Até antes de hontem lá estava. Mas de um momento para outro pôde ser preciso em outra parte. Ainda mais agora que os castelhanos ahi andam na fronteira fazendo das suas.

Abrindo o ponche, o gaúcho tirára da guaiaca, especie de bolsa de couro atada á cinta, um cigarro de palha e o preparava com a destreza de fumista consummado.

— Bem; antes da noite saberei; disse, tirando lume do fuzil.

Entretanto o pião, erguendo-se do pellêgo, se aproximára da porta e olhava com attenção para o viajante.

— A modo que estou conhecendo ao senhor? acudiu elle.

— Póde ser, chamo-me Manoel Canho, para o servir.

— Outro tanto; Francisco da Graça; mas todos me conhecem por Chico Baêta, um seu criado. Seu nome não me é estranho. Manoel Canho... De Ponche-Verde?

— Isso mesmo.

— Bem dizia eu. Agora me alembro; foi em umas corridas no Alegrete, ha cousa assim como dois anuos a esta parte. O senhor não esteve lá?

— Fui um dos que corri.

— Bem sei; e ganhou aos vencedores. Pois é isso; que eu tinha cá na ideia. E querem vêr?

Proferindo estas palavras, o Chico Baêta afastou-se do murzello para melhor examinal-o.

— Não ha duvida. Foi este o moço?

— É verdade!

— Eh pingo! exclamou o pião, dando com enthusiasmo uma palmada na anca do animal.

Só comprehenderá a energia da exclamação do Chico Baêta quem souber que pingo é o epitheto mais terno que o gaúcho dá a seu cavallo. Quando elle diz « meu pingo » é como si dissesse meu amigo do coração, meu amigo leal e generoso.

— Que faisca! Sr. Manoel Canho. Emquanto os outros ginetes, e os havia de fama, levantavam a poama na quadra, cá o murzellinho fez traz, zaz, zaz e fuzilou na raia como um corisco.

Canho estava gostando de ouvir o elogio feito a seu animal: o cavallo é uma das fibras mais sensiveis do coração do gaúcho. Mas alguma cousa instigava o viajante, que fazendo um esforço interrompeu o pião.

— Então, si me dá licença, vou-me andando. Careço de estar hoje na villa sem falta.

— O churrasco está na braza, si é servido?...

— Obrigado; ficará para outra vez. Antes do descanso ainda tenho que fazer umas cinco leguas.

— Pois, amigo, até mais vêr.

— Com o favor de Deus.

— Olhe; si vir lá pela villa a Missé dê-lhe

memorias; diga-lhe que em havendo uma folga, lá me tem para bailarmos o tatú.

— Farei presente, respondeu rindo o Canho que já ia longe á desfilada.

N'aquelle andar fez o viajante a porção de jornada que tencionava, e aproximou-se do arroio da Candiota, um dos afluentes do Jaguarão, que atravessa a campanha de norte a sul, na distancia de algumas leguas da cidade.

Medindo a altura do sol conheceu que era perto de meio-dia; já a sariema afinava a garganta para soltar o canto.

Parando á sombra de uma arvore na beira do rio o gaúcho saltou no chão, e sacou em um momento os arreios do animal. Emquanto o murzello se espojava na grama para desinteiriçar os musculos entorpecidos pelo arrocho da cinxa, o viajante batia o fuzil, e tirava fogo para accender um mólho de galhos seccos.

A sella é ao mesmo tempo a bagagem do gaúcho; esse viajante do deserto, como o sabio da antiguidade, póde bem dizer que leva comsigo quanto possúe.

A xerga lhe serve de cama; a sella forrada com

o lombilho, de travesseiro. Nas caronas traz a maleta com a roupa de muda; na guaiaca patacões ou onças que constituem todo o seu peculio. Entre a xerga e a manta, estende um pedaço de carne que o calor do animal cozinha durante a jornada.

Manoel fez com presteza seus arranjos para a sésta; e deixando a carne a tostar sobre o fogo, aproximou-se do rio para lavar as mãos e o rosto. A janta foi expedita. Uma grande naça de carne com alguns punhados de farinha; e agua bebida no bocal do estribo, que o rapaz teve o cuidado de lavar para dar-lhe a serventia de copo.

Atirou-se então sobre a cama forrada com o pellêgo, e fumou dois cigarros de palha emquanto descansava.

— Hoje em Jaguarão; e d'aqui a oito dias, Deus sabe aonde! Talvez comtigo pai, lá em cima; murmurou o gaúcho engolphando os olhos no limpido azul do céo.

Meia hora não tinha decorrido, que o gaúcho levantou-se de um salto, e tirou do céo da boca o som com que a gente do campo costuma afalar aos animaes. A tropilha que pastava ali perto, conduzida pelo murzello, aproximou-se gambeteando.

— Cá, Ruão!

Arreiado o animal, pulou o gaúcho na sella e atravessando o rio, partiu a galope.

Seriam cinco horas e meia, quando no azul diaphano do horizonte se desenhou illuminada pelo arrebol da tarde a torre da igreja do Espirito Santo, que servia de matriz á villa de Jaguarão.

Receioso talvez de que o ultimo raio do sol se apagasse, deixando-o ainda em caminho, o gaúcho afrouxou as redeas ao ruão, que lançou-se como uma flecha.

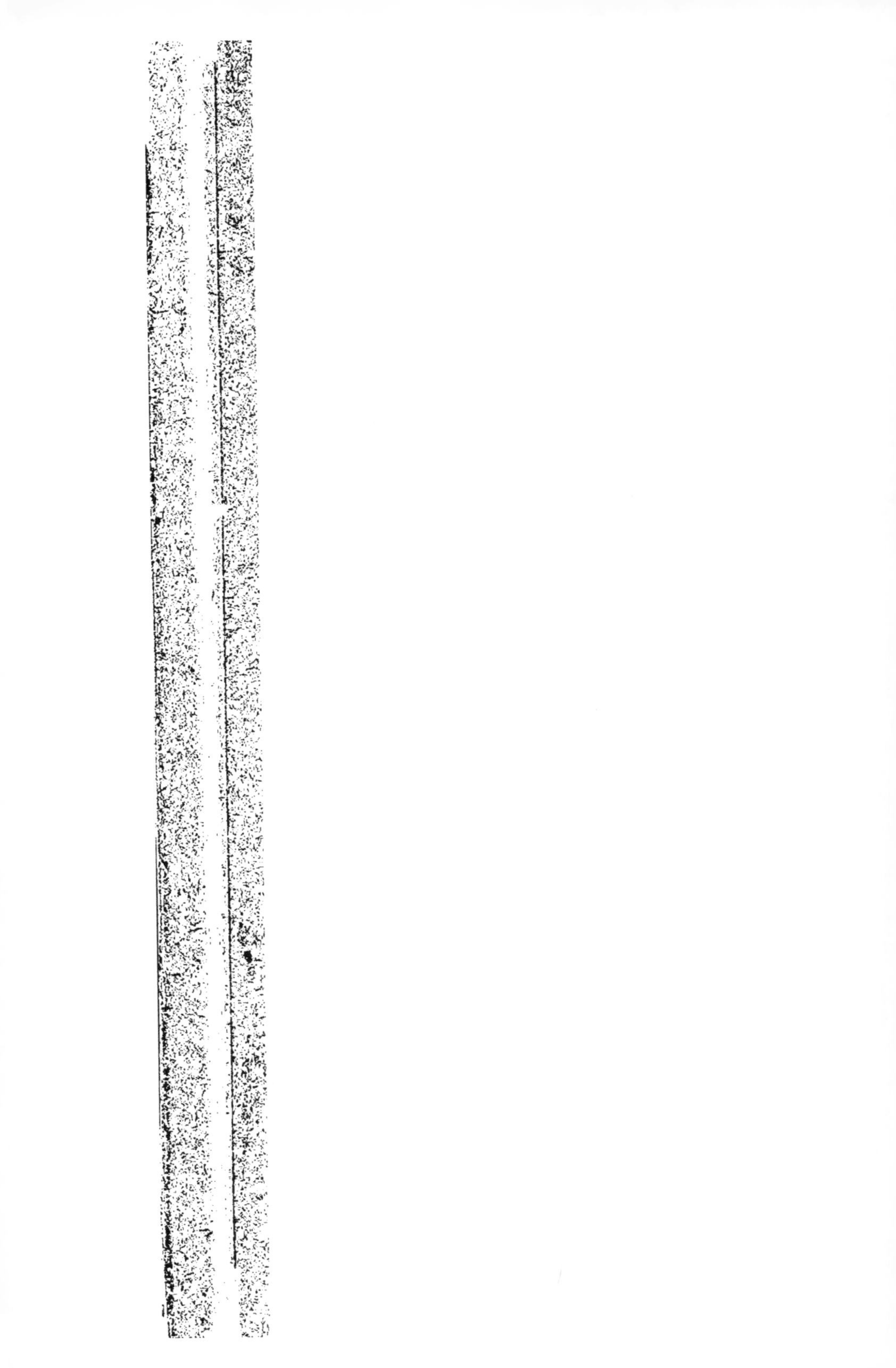

III

O AGOURO

Sobre uma pequena ondulação, que cingem de um e outro lado dois pequenos corregos, está assentada a cidade, então villa de Jaguarão, á margem esquerda do rio do mesmo nome.

N'aquella tarde do dia 29 de setembro de 1832, havia no povoado uma agitação, que indicava algum facto extraordinario. Os habitantes em turmas enchiam as ruas, e especialmente a das Palmas, que fica fronteira ao quartel.

A razão d'esse ajuntamento, e do alvoroto que se percebia entre o povo, podia conhecel-a quem se désse ao trabalho de escutar as falas d'aquelles bandos de curiosos.

— Foram batidos?

— Completamente. Rivera cahiu sobre elles que foi uma lastima.

— E Bento Gonçalves os prendeu?

— Não vai desarmal-os?

— Ande lá, acudiu um tropeiro, que o Lavalleja é um duro. Ha de tirar a desforra.

Com effeito Juan Lavalleja, o heróe da independencia de Montevidéo, sua patria, tendo-se revoltado contra o presidente da republica, Fructuoso Rivera, fôra afinal derrotado pelas forças legaes e obrigado a passar a fronteira.

Pisando territorio brasileiro foi o caudilho intimado pelo coronel Bento Gonçalves, commandante da fronteira do Jaguarão, para entregar as armas, ao que submetteu-se sem resistencia.

Fronteiro ao quartel, e em face da nossa tropa, formou a força rebelde. Os soldados com o semblante corregado esperavam o momento solemne de depôr as armas. O sentimento d'essa humilhação era partilhado por grande parte da população, imbuida de certo espirito militar

Lavalleja dirigiu a seus companheiros de infortunio palavras de animação, que produziram effeito contrario. A colera concentrada prorompeu em queixas amargas e violentas recriminações.

Afinal consummou-se o acto. Os soldados deixaram as armas em terra, e foram recolhidos presos ao quartel. D. Juan Lavalleja entregou a espada ao coronel Bento Gonçalves, que o hospedou em sua casa, emquanto não lhe dava destino.

Dispersava-se o povo, commovido pela triste cerimonia, quando o galope do cavallo de Manoel Canho resoou no principio da rua das Trincheiras.

O gaúcho apeou á porta de uma venda que dava pousada. Depois de recolher seus animaes ao potrero, e guardar os arreios no canto que lhe destinaram, sentou-se no alpendre e pediu uma cuia de mate.

Já sabia o que desejava. O coronel estava na villa; logo mais, quando elle tivesse dado as providencias sobre o destino da gente desarmada, iria o rapaz procural-o.

No alpendre estavam diversas pessoas conversando sobre o acontecimento do dia :

— Si é verdade o que dizem, observou um selleiro com ar de mysterio, o coronel não desarmou o homem lá muito pelo seu gosto.

— Ora esta do Lucas Fernandes! Si elle não quizesse quem o obrigava? Não é assim?

— De certo!

— Ainda não é tempo.

— De que? perguntou um ferrador.

— Olhem; d'esta ninguem me tira. O coronel antes queria ter filado o Fructuoso, do que o Lavalleja!

— Mas por que, Felix?

— Vocês verão.

O coronel Bento Gonçalves da Silva, veterano da guerra da Cisplatina, e commandante da fron teira de Jaguarão e Bagé, era então o homem mais respeitado em toda a campanha do Rio Grande do Sul. Franco e generoso, bravo como as armas; vasado na mesma tempera de Ozorio e Andrade Neves; montando á cavallo como o Cid campeador; era Bento Gonçalves o idolo da campanha.

Os homens o adoravam; ás mulheres o admiravam. O mais sacudido rapaz achava cousa muito natural que as moças bonitas chegassem á janella para ver passar o elegante velho, com seu talhe alto e espigado; e seu peito amplo e bombeado como a petrina do brioso ginete.

Sensivel a essa fineza do bello sexo, o veterano alisava o bigode grisalho, pagando com um sorriso os olhares coados pelas rotulas. Ao mesmo tempo consolava os rapazes, fazendo-lhes um aceno com a mão, ou dirigindo-lhes algum dito picaresco.

Da influencia que exercia Bento Gonçalves sobre o animo da população, póde bem dar uma ideia o que dizia ha pouco um dos camaradas reunidos no alpendre da pousada : « Si elle não quizesse, quem o obrigava? » Estas palavras traduziam a convicção d'aquella gente. Para os habitantes do interior, o coronel era o rei da campanha : ninguem tinha o direito de lhe dar ordens; desarmára Juan Lavalleja porque assim lhe approuvera, como poderia protegel-o, unir-se a elle, e marchar sobre Fructuoso Rivera.

Havia então no Rio Grande do Sul outros coroneis, e entre elles o veterano Bento Ribeiro, que devia figurar posteriormente na historia de sua provincia de uma maneira tão triste, apagando as paginas brilhantes que sua espada leal tinha escripto em mais de um campo de batalha.

Mas o coronel por excellencia, aquelle em quem o povo havia personificado o titulo, como o mais bravo e digno, era Bento Gonçalves. De uma á outra fronteira da provincia, os estancieiros muitas vezes não sabiam, ou não se lembravam, quem era o presidente e o commandante das armas; mas qualquer pião ouvindo falar no coronel, sabia de quem se tratava; e não se metessem a tasquinhar n'elle, que a faca de ponta saltava logo da bainha.

Continuava a pratica entre os freguezes da venda :

— Cá por mim, si eu fosse o coronel, o que fazia era passar uma colleira vermelha ao pescoço do tal Lavalleja.

Estas palavras eram de um carneador. Colleira chamava elle no seu estylo pitoresco ao degolo que todas as manhãs fazia nas rezes destinadas ao córte da charqueada.

— Ora, que mal fez o homem?

— Já se esqueceu do levante de Montevidéo?

— Não vejo crime em libertar um homem sua patria, acudiu o Lucas Fernandes. Fez elle muito bem, e nós cá não estamos muito longe de seguir o mesmo caminho. As cousas vão mal; o governo do Rio não dá importancia aos homens da provincia. Já não demittiram o coronel, porque têm medo.

— Lá isso é verdade! Atrevam-se que hão de ver o bonito.

— Não é por falta de vontade dos de Montevidéo, que não cessam de pedir.

— Podéra! Si não fosse o coronel, entravam elles por esta fronteira como por sua casa.

Eram os prodromos da revolução que devia proromper tres annos depois. A semente ahi estava lançada na população, e se desenvolvia com o vento sèdicioso que soprava do Prata.

Uma voz infantil soára na rua perguntando :

— Papai está ahi?

Lucas Fernandes voltou-se para a menina que subia os degraus do alpendre.

— Que queres, Catita?

— Já se foi a tropa, papai?

— Pois não viste?

— Ora! Cuidei que iam brigar!

— Olhem a pequena! exclamou o ferrador a rir. Então você queria ver-nos brigar com os castelhanos?

— Queria; ha de ser bonito!

— Assim, gaúchinha! acodiu um tropeiro repuxando o bigode.

— Ainda has de ter este divertimento, Catita, redarguiu o Lucas Fernandes. Tão depressa achasses tu um bom marido.

— Pois não ha de achar? Tão guapa moçoila! Aqui estou eu, que si ella não refugar... Hein! Catita, que diz? Ha de ser minha noiva.

— Quem conta com soldado? O noivo d'ella é cá o dégas, que já nos ajustámos! tornou o tropeiro piscando o olho.

Sorria no emtanto a menina com certo arsinho de malicia que frisava o botão de rosa da boquinha a mais gentil. Ao mesmo tempo movendo lentamente a fronte em signal de recusa, meneiava as duas longas tranças de cabellos negros, que, ondeando pelas espaduas, desciam até á bainha da saia curta de lila encarnada com vivos pretos.

Era realmente um feitiço a Catita. Seu talhe de doze anuos, esbelto e airoso, não tinha as fôrmas da donzella, mas já no requebro faceiro resumbrava a graça feminina. Os olhos negros, como os cabellos, ella os trazia sempre a meio vendados pelas roseas palpebras; por isso, quando alguma vez se desvendavam, parecia que seu rosto se tinha banhado em jorros de luz.

A tez, quem a visse em repouso sob a negra madeixa, cuidaria ser alva; mas nas inflexões do collo e dos braços percebiam-se, como sob a transparencia da opala, uns reflexos de ouro fusco. Então conhecia-se que era morena; e o tom calido da sua cutis lembrava o aspecto das brancas praias de areia, illuminadas pelos ultimos raios do sol.

— Estão ahi perdendo seu tempo. Ella já me deu sua palavra. Não é, moça?

— Sai-te, gabola, que o dunga está aqui; disse um pião plantando-se no meio da casa com a mão esquerda no quadril, e a direita no ár brandindo a faca.

— Está bem, não vai a brigar; acudiu Lucas Fernandes rindo. Qual d'elles escolhes, Catita?

— Eu, papai!

— Pois então?

— Eu... disse a menina esticando a perna bem torneada, e arqueando o pésinho calçado com um sapato de marroquim azul.

Suspensa um momento n'essa figura de dança, emquanto percorria com olhar brejeiro os sujeitos da roda, acabou a phrase descrevendo uma pirueta graciosa.

— Eu não escolho nenhum!

— Ora ahi está! disse o Lucas soltando uma gargalhada.

— Qual! Já está fazendo melurias.

— Meu noivo... Querem saber qual é?

— Então sempre escolhe!

— Ai, que já estou me lambendo!

— Quem é?

— Olhe!

No canto opposto do alpendre, estava o Manoel Canho, sentado no parapeito, com o cigarro na boca, e a vista divagando pelos campos que se estendiam além do corrego, ás abas da cidade. Inteiramente alheio ao que passava junto, o gáucho parecia de todo absorvido em suas cogitações.

Esta expressão de recolho intimo apagava certa aspereza de sua physionomia. Visto assim de perfil, com a fronte descoberta, os cabellos que a brisa agitava, e o talhe desenhado pelo trajo pittoresco do gaúcho, era sem duvida um bonito rapaz.

Foi a elle que se dirigiu Catita; e tocando-lhe no hombro, voltada para os outros, disse:

— Este!

— Não vale! exclamou o pião.

Sentindo no hombro a mão da menina, o gaúcho voltou-se com um olhar interrogador.

— É você que eu quero para meu noivo disse-lhe Catita a sorrir.

— Quando fôr viuva, então sim, serei seu noivo! respondeu o gaúcho em amargo tom de ironia.

Afastou-se a menina com um espanto misturado de pezar. Da gente da roda, uns não viram no dito do gaúcho mais do que uma chufa, e riram; outros não lhe deram attenção.

Catita, porém, tomou aquella estranha resposta de Ganho como agouro; e teve n'essa noite um sonho bem triste.

IV

O PADRINHO

Soavam trindades na torre da matriz.

Manoel Canho ergueu-se e esperou de cabeça descoberta pela ultima badalada; depois do que, sabiu na volta da rua das Palmas onde morava o coronel.

Estavam á porta o cabo de ordens e uma récua de camaradas paizanos ao serviço do coronel. Nao havia então na campanha do sul homem ou estancieiro importante que não se acompanhasse de um bando de gaúchos. O numero d'esses camaradas, que lembram os acostados da idade média, indicava o grau de preponderancia e riqueza do patrão.

Voltára Bento Gonçalves do quartel, e emquanto serviam a ceia, foi ter na sala com seu prisioneiro, D. Juan Lavalleja.

O caudilho dava signaes bem visiveis de mau humor, no senho carrancudo e na impaciencia com que trincava a ponta do cigarro de palha. Por momentos arrependia-se do que tinha feito, e lamentava não ter morrido combatendo contra Fructuoso Rivera ou Bento Gonçalves, antes do que sujeitar-se á humilhação de render as armas. E a quem? A brasileiros.

Não obstante, no meio d'esta apoquentação lá surdia no animo do ambicioso caudilho uma ideia, que elle ruminava com a mesma pertinacia do dente a morder a palha do cigarro.

Com a entrada de Bento Gonçalves a sofreguidão de Lavalleja augmentou. Correspondendo apenas com um gesto secco á saudação do hospede, ergueu-se e começou a percorrer a varanda de uma a outra ponta, em passo de carga. Pelo que lembrou-se o coronel de assobiar o toque de avançar a marche e marche.

Ou porque o gracejo do hospede o excitasse, ou porque era chegado o momento da explosão, Lavalleja veiu como uma bomba parar em face do coronel, e exclamou com uma voz taurina, atirando aos ares um murro furioso.

— Coronel, o senhor não é um homem !

Gomo aquella palavra abalou Bento Gonçalves, que achou-se em pé de repente, affrontando em face o oriental ! Mas não passou de um primeiro assomo ; a alta estatura que a indignação erigira perdeu a rijeza ameaçadora : no rosto annuviado perpassou o sorriso placido e sereno das grandes almas, que uma colera pequena não conturba. São esssas almas como o grande oceano ; qualquer borrasca não o agita ; para subvertel-o é preciso o tufão dos Andes.

— O senhor é meu prisioneiro e hospede d'esta casa, general, disse Bento Gonçalves sentando-se com a maior calma. Em outro momento e outro logar, eu lhe mostraria que um brasileiro não vale um, mas dez homens ; emquanto que são precisos dois castelhanos para fazer meio brasileiro. O senhor deve saber d'isto.

— Outrotanto lhe podia eu retorquir ; mas não estou agora para bravatas. Digo e repito que não é um homem, Sr. Bento Gonçalves, pois si o fosse, seria o primeiro de todo este Rio Grande. Em vez de coronel se faria general. Que val o commando d'esta fronteira para quem pôde, estendendo a mão, apanhar a presidencia da provincia?

— Que pretende dizer com isto, general?

— Caramba! No momento em que Bento Gonçalves quizer, o Rio Grande do Sul será um estadc independente como a Banda Oriental. Está bem claro agora? Para arrancar minha patria ao jugo do imperio bastaram trinta e tres heroes; bem sei que um d'elles era D. Juan Lavalleja. O senhor que tem por si toda a campanha, deixa-se aqui ficar bem repousado, a chupitar seu mate como uma velha; e pica-se porque lhe digo que não é um homem! Mas de certo que não o é. Minha mulher, D. Anna Monteroso, teria vergonha de praticar semelhante fraqueza; ainda que é mulher de quem é, todavia...

— De que lhe serviu ao senhor, diga-me, fazer a divisão da Cisplatina, retorquiu o coronel com ironia. Lá está seu compadre, dentro do queijo; e eu obrigado bem contra minha vontade a desarmar o heróe da independencia de sua patria, como um rebelde.

— Lá isso não vem ao caso: é a sorte da guerra. Hoje ganhou meu compadre a partida, amanhã chegará minha vez; todavia, cá entre nós quem manda é o mais forte; não somos governados por um menino de dez annos..

— Quem governa é a lei; respondeu Bento Gonçalves em tom secco.

— Burla, coronel; este mundo é governado por duas cousas: a força ou a astucia. O mais, isso de lei, de liberdade e justiça, são palavras sonoras para o povo, que no fim de contas não passa de um menino a quem se acalenta com um chocalho... O Rio Grande lhe pertence, coronel, como a Banda Oriental a mim, D. Juan Lavalleja.

— Vamos ceiar, general.

— Então deixa passar a occasião?

— Sou brasileiro; nasci cidadão do imperio, e assim hei de viver emquanto houver liberdade em meu paiz; porque para mim a liberdade não é uma burla para enganar o povo, mas o primeiro bem, que não se perde sem deshonra, e não se tira sem traição. Quando eu me convencer que para ser livre, é preciso deixar de ser imperialista, não careço que ninguem me lembre o que me cabe fazer. O coronel Bento Gonçalves saberá cumprir seu dever.

Dando esta resposta com tom energico, o rio-grandense guiou o caudilho á varanda onde tinham posto a ceia.

Em uma das extremidades da longa mesa, estavam collocados dois pratos com talheres de prata destinados ao dono da casa e seu hospede. Diante d'elles fumegava um grande assado de couro, e um peixe que enchia a immensa frigideira de barro. Havia além d'isso hervas e legumes.

Já estavam na varanda os gaúchos da comitiva do coronel, os quaes lhe deram as boas noites. O Canho adiantou-se para beijar a mão de Bento Gonçalves que era seu padrinho.

— Oh! Estás por cá, Manoel?

— Cheguei esta tarde.

— Como vai a comadre?

— Boa, graças a Deus.

— Estás um rapagão! Abanca-te; vamos ceiar.

O coronel tomou logar á cabeceira, dando a direita ao hospede. Na outra ponta da mesa sentaram-se os camaradas e Manoel, em bancos de madeira; cada um tirou um prato da pilha que havia no centro e collocou-o diante de si.

Depois de servido o dono da casa e o hospede,

os pratos eram levados pelo escravo copeiro para a outra extremidade, onde os gaúchos iam tirando seu quinhão com a faca de ponta que traziam á cinta.

— Vamos ao peixe, general, disse Bento Gonçalves servindo a Lavalleja. Então, Manoel, andas de vadiação ou isto é volta de negocio?

— Nem uma, nem outra cousa. Vim só para falar a meu padrinho.

— Pois fala, rapaz; não percas tempo.

— É sobre um particular.

— Está bem; então logo mais.

Terminada a ceia, emquanto os outros tomavam mate e fumavam, o coronel fez ao gaúcho um gesto para que este o acompanhasse á sala.

— Que particular é este? Alguma gaúchada, aposto?

— Vim pedir a benção de meu padrinho, para me dar felicidade, e mesmo porque talvez lá me fique!

— E para onde te botas?

— Para Entre-Rios.

— Buscar o que?

— O homem que matou meu pai!

— Hein!... Depois de tanto tempo?

— São cousas que não esquecem nunca.

— Não esquecem, bem sei; mas se perdoam: talvez o sujeito esteja arrependido.

— Melhor; Deus o absolverá.

— Visto isto, estás decidido?

— Desde muito tempo. Ha cinco annos a esta parte que descobri o homem lá em Entre-Rios, e então pela festa vou sempre para aquellas bandas, ver si ainda lá está.

— Estiveste invernando-o antes de charqueal-o? replicou o coronel a rir...

— Sabe Deus quanto me custou deixal-o socegado todo este tempo. Mas eu precisava trabalhar primeiro, para que a mãi ficasse com alguma cousa. Tudo póde acontecer; e, afóra eu, não tem ella quem a ajude.

— E Bento Gonçalves não está aqui, rapaz?

— Meu padrinho tem muitos por quem olhar; não pôde chegar para todos. Si eu não voltar, sempre ficará com que accender o fogo.

— Que diz tua mãi a tudo isto?

— Ella não sabe.

Bento Gonçalves deu duas voltas pela sala.

— Escuta, Manoel. Teu coração te pede o quo

vais fazer? Sentes que sem isso não poderás viver descansado? Fala verdade.

— Si eu não vingasse o pai, elle me renegaria lá do céo e não quereria para filho um poltrão ingrato.

— Com a breca! Meu officio não é de padre! exclamou impetuosamente o coronel. Vai, rapaz; segue teu impulso. Tenho fé em que has de honrar as barbas de teu padrinho; si chegar tua hora, o que não ha de succeder, descança em paz, que eu velarei sobre tua mãi.

— Obrigado, meu padrinho; bote-me sua benção.

— Deus te abençôe e te acompanhe, Manoel.

Beijou o gaúcho a mão vigorosa do coronel, que ria estrepitosamente para disfarçar a commoção. Quando Manoel recolhia-se á pousada, ouviu uns sons de guitarra coados pelas frestas esclarecidas de uma rotula da vizinhança. Ao som do acompanhamento arrastado, uma voz maviosa, de timbre infantil, dizia com terna expressão, uma cantiga brasileira. O gaúcho, apezar de preoccupado, poude ouvir as seguintes coplas.

A minha branca pombinha,
Com tanto amor a criei;

Depois de bem criadinha,
Fugiu-me; porque, não sei.

Quiz beijar o seio d'ella,
Bateu as azas, voou;
A minha pombinha bella,
Foi gavião que a levou.

— Bravo, Catita! exclamou a voz do Luças Fernandes.

V

O PAREO

Dias depois, já em outubro, na sala de uma pousada da provincia de Entre-Rios estavam reunidos varios andantes, invernistas e tambem alguns capatazes da vizinhança.

Entre outros pousára ali um chileno que vinha de Mendoza ou Cordova, e contava atravessar toda a campanha até o Rio Grande do Sul. Especie de mercador ambulante, mixto de mascate e de aventureiro, costumava elle percorrer as cidades e provincias do interior á cata do bom negocio, como de boa vida.

Trazia duas ou tres mulas carregadas com uma partida de fazendas de lã e seda, porém especialmente de chapéos de chile, pelles de vicunha, e guarnições de prata para arreios de montaria. De caminho ia chatinando a sua mercadoria, e comprando animaes, que mais adiante negociava, si lhe offereciam bom lucro.

Quando tinha a bolsa recheiada, e achava encanto no lugar, deixava-se ficar uns oito ou quinze dias, quantos bastavam para concluir alguma aventura amorosa, ou para tirar a sua desforra dos parceiros que no jogo da primeira lhe haviam limpado as onças.

Ao cabo de uma ou duas semanas, partia-se uma bella manhã, mais ligeiro da bolsa, porém contente de si, e prazenteiro sempre; levava a alma cheia da plena confiança que adquire o homem errante, habituado á bôa e á má fortuna, affeito ao sol e á chuva.

N'este circuito, muitas vezes consumia o nosso chileno dois ou tres annos. Frequentemente chegava até Sorocaba, onde a grande feira de animaes costuma reunir em naio grande numero de marchantes de diversas paragens. Estes concursos têm grande encanto para o viajante que póde assim reviver as recordações de cada terra por onde passou. Além d'isso, na mesa do jogo e nas apostas, corre o ouro a rôdo : fazem-se pareos fabulosos que affrontam os mais destemidos.

Estas cousas, o mascate gostava de vêr para contal-as mais tarde n'algum ponto remoto, onde elle pudesse figurar como heróe da historia, no meio de alguma roda de bonitas *muchachas*.

Vendidas todas as fazendas e apuradas as barganhas feitas pelo caminho, voltava o chileno a prover-se de uma nova carregação para continuar a vida nomade a que se habituára desde a infancia. Essa locomoção constante era um elemento de sua existencia; seu espirito superficial saciava-se logo das impressões de qualquer lugar, e carecia de uma diversão.

As pessoas, reunidas na varanda, pitavam o infallivel cigarrito de palha, sorvendo a goles o mate chimarrão. A conversa, frouxa em começo, veiu a cahir sobre a gineta, que é, juntamente com as historias de briga e namoro,o thema favorito da conversa dos gaúchos na campanha.

— Pois, senhores, é o que digo; exclamou o chileno. Nenhum será capaz de montar a egoa que trago ahi.

— Talvez seja ella tão *chiquita*, D. Romero, que um homem não a possa montar, e sómente um gambirra, acudiu com ar sardonico um dos camaradas.

Os outros applaudiram.

— Uma cousa é rir, amigos, e outra fazer, redarguiu o chileno.

— Pois sem duvida que se ha de montar, D. Romero; disse um invernista de S. Paulo.

— Quer experimentar?

— Mande o senhor puxar a sujeitinha cá para o terreiro! disse erguendo-se um paraguayo.

D. Romero dirigiu-se ao dono da pousada:

— Faz favor, amigo, para satisfazer aos senhores.

Emquanto se foi buscar o animal que estava preso á soga no pastinho, contou D. Romero, como em caminho o apanhára de surpreza perto de um desfiladeiro, ha tres dias passados. Desde então fizeram elle, e os dois camaradas que trazia, os maiores esforços para montal-o; mas desistiram.

— Ainda não encontrei quem se atrevesse, concluiu o chileno.

Um sorriso incredulo, no qual se embebia soffrivel dose de arrogancia e motejo, circulou pelos campeiros.

— Por ventura os senhores duvidam? perguntou D. Romero assombrando-se.

— Não se duvida do conto, mas do animal, que seja como quer o amigo; e sinão veremos.

— O senhor vem lá da terra onde se monta em carneiros ou lhamas, como lhes chamam, disse outro companheiro.

— Com licença, tenho visto os melhores ginetes e tambem entendo do riscado.

— Topa o senhor alguma cousa?

— Tudo, amigo. Tão guapa estampa de animal, não quero que haja em toda esta campanha até Chuquisada. Em Buenos-Ayres, Montevidéo, ou Porto-Alegre, o ponto é apresental-a que logo me choverão as onças. Pois, senhores, si algum dos presentes fôr capaz de montal-a, a egoa é sua.

— Valeu! exclamou o paraguayo estendendo a mão ao chileno.

— Palavra de D. Romero.

— Bravo! exclamaram em côro. Venha a rapariga.

— Eil-a ahi! disse o dono da pousada apontando.

Ao lado da casa, junto á mangueira, apparecêra

com effeito o animal, trazido por um rapasinho que servia de pião. Não tiveram, porém, os companheiros tempo de examinar a egua ; porque instantaneamente achou-se ella no pateo diante do alpendre. Com dois corcovos unicamente devorára a distancia de muitas braças, que a separava da casa.

Si não fosse tão ligeiro, o rapasinho não escaparia da furia com que a egua se arrojára para mordel-o; felizmente conseguiu elle alcançar o moirão, onde passou a laçada do cabresto, pondo-se fôra de alcance.

Na presença da gente que a cercava, a egua estacou, raspando o chão com a pata arminada de branco. Poude-se então admirar-lhe a perfeição da estampa. D'esta vez, contra o costume, não havia exageração da parte do chileno : era com effeito um soberbo animal.

Talhe esbelto e fino sobre alta estatura; cabeça pequena, collo cintado e garboso, pelo qual se encrespavam as longas crinas, esparsas como os anueis de basta madeixa; a anca roliça, ligeiramente bombeada e ondulando com os reflexos ardentes do luzidio pello; os ilhaes a se retrahirem com um espasmo nervoso; e finalmente uma roupagem baia, que nos cambiantes luminosos parecia velludo tecido a fio de ouro; tal era a imagem viva e palpitante que os gaúchos tinham diante dos olhos.

Animada por um assomo de colera, essa belleza equina desenhava na imaginação d'aquelles homens os contornos voluptuosos de alguma gentil morena da redondeza, quando succedia irrital-a uma palavra ou gesto de seu camarada. Ao mesmo tempo despertavam no animo de cada um os brios de picador, embora o fero olhar que desferiam as grandes pupillas negras da egua, soffreasse os impetos dos mais destemidos.

De momento a momento, aspirava o indomito animal uma golphada do vento agreste dos pampas. Escapava-lhe então do peito um nitrido plangente e merencorio, que enternecia, como o soluço da selvagem mãi plorando o filho perdido.

Passado o primeiro movimento de curiosidade, e feitos na linguagem pittoresca da campanha os elogios do lindo animal, aproximaram-se todos, fechando o circulo em torno do moirão.

N'esse instante ergueu-se do alpendre, onde estivera deitado sobre o pellêgo, um gaúcho que veiu recostar-se ao parapeito. Ninguem ali o conhecia, a não ser o dono da pousada com quem trocou algumas palavras.

O desconhecido chegára durante a noite e vinha de longe, ao que parecia. Estava descansando da jornada, quando o borborinho das vozes, e as risadas que soltavam os andantes, o despertaram. Excitado da curiosidade, pôz-se a contemplar a scena do terreiro, que elle via perfeitamente d'aquella posição elevada.

Fôra longa e renhida a luta dos piões com o animal, antes que lhe deitassem a mão. Em se adiantando algum mais affouto, a egua juntava e de um salto espantoso se arremessava longe, disparando aos ares o couce terrivel, e encrespando o pescoço para morder.

Conheceram afinal que era impossivel levar sua avante pelos meios ordinarios. Foi então laçado o animal pela garupa em um dos corcovos, e jungido ou antes enrolado ao moirão. Preso assim da cabeça e dos quadris, ficou tolhido de todo o movimento; mas um tremor convulso percorria-lhe o corpo, e a polpa da narina trepidava com as baforadas do halito ardente, que se coalhavam na fria temperatura da manhã como frocos de fumaça.

Em um apice estava a egua arreiada. Eram a cinxa, o peitoral e as redeas, feitos de couro crú, que lá chamam guasca, e depois de secco resiste ao aço.

— Quem vai, gente? preguntou um da roda.

Ninguem respondeu.

— Esfriou-lhes a gana! exclamou o chileno com riso motejador.

— Eu cá estava a espera dos senhores para não dizerem que lhes tomava a mão, disse afinal o paraguayo. Visto ninguem querer, vamos nós bailar, rapariga.

— Nada, o amigo que primeiro apostou, deve ter a dianteira. Não é, senhores?

— Pois de certo.

— Então, perguntou o paraguayo dirigindo-se ao chileno : o animal é de quem montar. Está dito?

— E escripto.

— Não ha mais arrepender?

— Palavra de um guasca. Arrebenta, mas não arrepende.

— Bravo! exclamaram em roda.

Para ter geito de montar, affrouxou o paraguayo o laço que prendia os quartos do animal ao tronco ; e ajustando as redeas, pôz o pé na soleira do estribo.

Immediatamente aos olhos dos campeiros attonitos passou uma cousa subitanea, confusa e estrepitosa : uma especie de turbilhão para o qual só ha um termo proprio.

Foi uma erupção.

Abolára-se a egua, como a serpente quando se enrosca para arremessar o bote. Retrahiu-se o flanco sobre os quadris agachados, emquanto a taboa do pescoço arqueou dobrando a cabeça ao peito entumecido. De subito, esse corpo que se fizera bomba, estourou. Espedaçados, voaram os arreios pelos ares e o paraguayo, arremessado pelos cascos do animal, rolava no chão.

— Irra ! gritou o invernista.

Viram os campeiros desenvolver-se d'aquelle turbilhão de pó uma fórma elegante e nervosa que relanceou por diante d'elles estupefactos. A egua desapparecêra ; mas ouvia-se ainda o estrepito cadente do rapido galope.

VI

A BAIA

Calmo na apparencia, mas abalado do animo, assistira o brasileiro á scena anterior, encostado á pilastra do alpendre.

— Que egoasinha, hein, Manoel Canho? disse o dono da pousada aproximando-se.

Respondeu o rio-grandense com um sorriso, levantando os hombros desdenhosamente.

— Não sabem leval-a.

Chegava no emtanto o chileno, muito contente de si, a galhofar com a roda dos companheiros, entre os quaes vinha derreado e coberto de poeira o gabola do paraguayo.

Manoel caminhou direito a D. Romero :

— Tenho dez moedas n'esta guaiaca, disse elle erguendo a aba do ponche, quer o senhor recebel-as pela egua?

— Por dinheiro algum a vendo; mas si tanto a cobiça o amigo, porque não a leva de graça? Basta montal-a, retorquiu o chileno com ironia.

— Então sustenta a aposta?

— Está entendido.

— Mande tocar o animal, Perez, disse o brasileiro voltando-se para o dono da locanda.

Os outros olharam surpresos para Manoel Canho; embora não conhecessem qual a habilidade do brasileiro na gineta, era tal a façanha, que todos a uma duvidaram do bom resultado. Pasmos com o arrôjo do gaúcho, e ainda mais com a confiança e singeleza de seu modo, se preparavam para assistir a segundo trambolhão, e rir á custa do rio-grandense, como tinham rido á custa do paraguayo.

Posto cêrco ao animal, os piões conseguiram, depois de alguns esforços, tocal-o para o gramado.

— Basta, disse Manoel, agora deixem a moça comigo.

Tinha a baia parado a alguma distancia e

vibrava o olhar scintillante sobre a gente reunida então perto do alpendre. Suspensa na ponta dos rijos cascos, longos e delgados, de cabeça levantada, cruzando a ponta das orelhas finas e canutadas, com o pello erriçado e a cauda opulenta a espasmar-se pelos rins, parecia o animal prestes a desferir a corrida veloz.

O Canho adiantou-se alguns passos, cravando o olhar na pupilla brilhante da baia, ao passo que soltava dos labios um murmurejo semelhante ao rincho debil do poldrinho recemnascido, quando busca a téta materna. No semblante rude e energico do moço gaúcho se derramava um effluvio de ternura.

Ao dôce murmurejo, as orelhas do animal titillaram com ligeiro estremecimento, enroscando-se como uma concha, para colher algum som remoto, esparso no ar. Fita no semblante de Manoel a vista ardente e sofrega, dir-se-hia que a intelligente egua interrogava o pensamento do homem e queria comprehendel-o.

Á medida que ella inhalava o fluido magnetico do olhar do gaúcho, uma expressão meiga e terna se reflectia na pupilla negra. Serenava a braveza e colera accesas na proxima luta. O pello riçado ia-se avelludando, as ranilhas de suspensas pousavam sobre a relva, emquanto os flancos elasticos, alongando-se, perdiam a torsão dos musculos, retrahidos para o salto.

Lentamente, a passo e passo, aproximou-se o gaúcho, até que ponde estender-lhe a mão sobre a espadua. A egua arisca arrufou-se de novo. Rapido foi o assomo ; outra vez soára a seu ouvido, mais terno e plangente, o debil ornejo, ao tempo que a mão, instrumento e conductor d'alma humana, alisava-lhe a anca e a sellada com um dôce afago.

Estava o generoso bruto aplacado e calmo, mas ainda não rendido. Cingiu-lhe Manoel o cóllo garboso com abraço de amigo, e encostou-lhe na cabeça a face. Os olhos de ambos se embeberam uns nos outros e se condensaram em um mesmo raio, que fluia e refluia da pupilla humana á pupilla equina.

Que palavras mysteriosas balbuciavam os labios do gaúcho ao ouvido do indomito animal, com a mão a titillar-lhe os seios, e os olhos a se engolfarem no horizonte limpido por onde se dilatavam os pampas ?

O bruto entendia o homem. Quando Manoel

aspirou as baforadas da fria rajada que vinha do deserto, a egua espreguiçou o lombo, recurvando o pescoço para estreitar o gaúcho; e um relincho de alegria arregaçou-lhe o beiço.

Em profundo silencio assistiam os companheiros ao colloquio do bruto com o homem. Essa luta da razão com a força é sempre eloquente e admiravel; ahi patenteia-se o homem, rei da creação: o triumpho não pertence unicamente ao individuo, mas á especie.

Vendo Manoel, depois de repetidos afagos, passar a ponta do cabresto pelo pescoço do animal, os campeiros tomaram folego. Seus olhares se cruzaram, transmittindo uns a outros a expressão da propria surpreza, e buscando o signal da alheia. O pensamento, que assim fluctuava n'esses olhares, reproduzia-se a trechos em exclamações breves e entrecortadas:

— Então?

— É verdade!

— Quem diria?

— Monta?

— Elle, parece...

— Tambem creio.

— Nunca pensei.

— É de pasmar.

— Só mandinga!

Attento aos gestos de Manoel, o chileno não tirava os olhos do ponto. Ouvindo os ditos dos companheiros, retorquiu com despeito:

— Até montar, ainda ha que vêr.

Com effeito a baia recusava entregar o focinho ao cabresto. Encrespando de novo o pello empinou-se para soltar o galão, e arremetter pelo pasto. Já as patas repelliam o chão, e o talhe da egua, lançado como uma seta, perpassava nos ares.

— Não dizia! exclamou D. Romero com ar de triumpho, voltando-se para a roda.

A resposta foi uma exclamação estrepitosa, que prorompeu dos labios dos companheiros:

— Bravo!

Quando o vulto esbelto relanceava por diante d'elle, o Canho, com incrivel ligeireza, saltou no espinhaço da egua, que lá se foi a escaramuçar pelo campo, gineteando graciosamente e vibrando os ares com nitridos de prazer.

Depois de algumas voltas, quiz o rapaz trazel-a ao terreiro, mas encontrou resistencia, que depressa venceu. Amaciando-lhe as finas sedas da clina com a mão direita, se debruçou ao pescoço para abraçal-a. O intelligente bruto, de seu lado, voltou o rosto para vêr o semblante do gaúcho, e talvez agradecer-lhe sua caricia.

Domada, ou antes rendida ao amor e á gratidão, a baia aproximou-se do terreiro sacando com gentileza e elegancia, como faria o mais destro corcel em luzida cavalhada.

— Ganhou o animal, amigo; mas assim, eu não o queria de certo.

— Que pretende o senhor dizer com isso?

Era de Manoel a pergunta; começada longe, acabou em face do mascate, onde veiu cahir de um salto o irado gaúcho, que se arremessára de cima do animal, apertando na cinta o cabo da faca.

O chileno empallideceu de leve:

— Não se affronte, que não ha razão. O que eu disse, repito. A egua abrandou de repente, ou por estar cansada, ou por outro qualquer motivo: o caso é que não está como d'antes.

Vexou-se o Ganho de seu arrebatamento, reconhecendo que não havia realmente motivo para tanto. Mas sentia ao mesmo tempo que a presença do chileno produzia n'elle uma desagradavel impressão.

As subitas antipathias são incomprehensiveis; é este um mysterio d'alma, que a sciencia ainda não conseguiu perscrutar. Parece que ha no magnetismo animal, como na electricidade da atmosphera, um fluido de repulsão e um fluido de attracção; um pólo para o amor e outro para o odio.

Foi sem duvida sob a influencia d'este ultimo, que uma aversão irresistivel se estabeleceu logo do brasileiro para o chileno. Recente era o encontro; Manoel o tinha visto pela primeira vez ha cerca de uma hora; poucas palavras trocára com elle, e não obstante parecia-lhe que desde muito tempo o detestava.

Entretanto a figura de D. Romero era mais propria para despertar sentimentos benevolos. Mancebo de vinte e cinco anuos, tinha um semblante prazenteiro; o negro bigode e a pera destacavam-se bem sobre uma tez alva e rosada. Era mediana a estatura, mas de um porte airoso, embora com o excessivo donaire que affecta geralmente a raça hespanhola.

Trajava o mancebo com a garridice de côres

muito apreciada pela gente da campanha. Lindo palla chileno, com listras de amarello e escarlate, cahia-lhe dos hombros até pouco abaixo da cintura. Pela abertura da golla de velludo com abotoadura de ouro, via-se o peito da camisa de fina irlanda. As botas eram de couro de vicunha, tão bem curtido que imitava a camurça. Trazia um chapéo de palha alvo como o linho de que parecia tecido ; esse primor lhe havia custado oito onças em Santiago.

VII

O AMANSADOR

Á admiração que provocára a façanha do gaúcho succedêra certo menoscabo. As multidões são assim; ondas batidas por dois ventos, o enthusiasmo e a inveja.

— A egua já foi amansada, não tem que vêr! dizia um da roda.

— Aposto que fugiu ha tempos de algum pasto, acudiu outro.

— Tambem vou para ahi. A furia não foi grande.

— De certo! Queria-se vêr a força da gineta!

— Assim qualquer faria.

Voltou-se Manoel já de animo sereno, designando o animal com um aceno da mão estendida:

— Pois a egua ahi está, senhores. Quem quizer que a monte. Si é tão facil!

Alguns dos piões se adiantaram para outra vez tentarem cavalgar o animal: não deram, porém, dez passos. Mal lhes presentiu o intento, a egua, volvendo sobre as mãos de um tranco, e hupando as ancas, arremessou tal cascata de couces, que afugentou os fanfarrões, obrigados a buscarem refugio no alpendre.

Então a formosa besta correu para junto do gaúcho que estava arredio, e começou a roçar por elle o pescoço como si o afagasse. Socegou-a elle amimando-lhe o pello dourado; e voltando-se para os companheiros, interpellou-os com ar de mofa:

— Então não ha quem queira?

Nenhum respondeu: falavam entre si.

— O homem tem partes com o diabo! Cruzes!

— O caso é que ninguem sabe d'onde sahiu.

Entretanto Manoel tinha de novo montado, e d'esta vez com toda pachorra, sem que a egua fizesse o menor movimento de impaciencia. Antes mostrava ella grande contentamento de obedecer ao gesto do gaúcho.

— Guarde a egua, sem medo, Manoel Ganho,

que bem a ganhou : disse o dono da pousada.

O brasileiro fez um gesto de assentimento; e aproximou-se do alpendre.

— Esta é a gineta que eu uso e aprendi de meu pai. Ella faz do cavallo um amigo e não um cangueiro. Mas tambem, senhores, si o bicho é mau, da casta que fôr, de dois ou de quatro pés, fiquem certo que no continente tambem os sabemos ensinar. Caso haja por ahi algum d'este lote, minha gente, botem-n'o para cá e verão.

Cortejou com o chapéo. Os da roda não sabiam que fazer; si deviam zangar-se ou chasquear.

— Amigo Perez, disse no entretanto o gaúcho; por favor tenha mão ahi nos arreios emquanto volto.

— Então vai longe?

— Conforme! Vou levar esta moça que está com saudades! Coitada!... respondeu o gaúcho amimando o collo do animal.

Passou a egua a tronqueira do pasto; foi transpol-a e desfechar em uma corrida veloz, á desfilada. Com pouco sumiu-se nos longes do horizonte. Por algum tempo ainda ouviu-se o vibrante e generoso hénnito que estridava nos ares, como o clangor argentino de um clarim.

Simples era o segredo da proëza do gaúcho. Como todos os outros picadores ali presentes na estancia, conhecêra do primeiro lance de vista, que a egoa estava parida de proximo. Esta observação, a que não deram os mais nenhum valor, produziu n'elle profunda impressão.

Sua alma commovida por sentimentos affectuosos, poz-se em contacto com o instincto do animal; operou-se a transfusão; os intimos impulsos da recem-mãi se reflectiram no coração terno do mancebo. Comprehendeu o desespero, a saudade bravia pelo filho abandonado, e a colera terrivel contra aquelles que a tinham arrebatado ás doçuras da amamentação.

Quando nitria a egua, fitando n'elle os olhos ou tomando o faro da campanha, era como si lhe falasse.

Desde criança lidava Manoel com animaes: fôra esse o officio de seu pai; não havia em toda a campanha do Rio Grande amansador de fama que se comparasse com o João Canho. O que mais se admirava no moço gaúcho, não era comtudo a destreza, na qual excedia de muito ao pai; porém sim a dedicação que elle tinha á raça hippica.

Havia entre o gaúcho e os cavallos verdadeiras relações sociaes. Alguns faziam parte de sua familia; outros eram seus amigos; aos mais tratava-os como camaradas ou simples conhecidos.

Com os irmãos e amigos vivia em perfeita intimidade; consentia que lhe roçassem a cabeça pelo hombro, ou lambessem-lhe a face. Muitas vezes comiam em sua mão; andavam constantemente soltos; não havia cabresto nem soga para elles; eram corceis livres.

Tinham esses membros da familia suas vontades, que o chefe respeitava por uma justa reciprocidade. Si acontecia agastar-se algum, e a consciencia de Manoel o accusava, era elle quem primeiro cedia; e assim faziam-se as pazes.

Aos camaradas não consentia o gaúcho aquellas familiaridades; ao contrario os tratava com certa reserva. Saudavam-se pela manhã ao despontar do dia, e á noite na occasião de recolher. Commummente se encontravam na hora da ração comiam juntos, os brutos no embornal, o homem na palangana.

Na opinião de Manoel o cavallo e o homem contrahiam obrigação reciproca; o cavallo de servir e transportar o homem; o homem de nutrir e defender o cavallo. Si um dos dois faltasse ao compromisso, o outro tinha o direito de romper o vinculo. O homem devia expulsar o cavallo, o cavallo devia deixar o homem.

Só em um caso o Canho castigava o ginete brioso: era quando o bruto se revoltava. Então havia luta franca e nobre; os dois contendores mediam as forças, e o mais habil ou o mais vigoroso vencia o outro. Na sua adolescencia, até os quinze anuos, fôra o gaúcho batido muitas vezes; mas já ia para sete anuos que tal cousa não lhe succedia.

Fóra d'esse caso do desafio, o rebenque e as chilenas eram trastes de luxo e galanteria. Sómente usava d'elles em circumstancias extraordinarias, quando era obrigado a montar em algum cavallo reúno e podão, d'esses que só trabalham como o escravo embrutecido á força de castigo.

Tinha o gaúcho inventado uma linguagem de monosyllabos e gestos, por meio da qual se fazia entender perfeitamente dos animaes. Um *hup* guttural pungia mais seu cavallo do que a rozeta das chilenas: não carecia das redeas para estacar o ginete á disparada; bastava-lhe um *psio*.

Emfim o cavallo era para o gaùcho um proximo, não pela fórma, mas pela magnanimidade e nobreza das paixões. Entendia elle que Deus havia feito os outros animaes para varios fins reconditos em sua alta sabedoria; mas o cavallo, esse Deus o creára exclusivamente para companheiro e amigo do homem.

Tinha razão.

Si o homem é o rei da creação, o cavallo servelhe de throno. Vehiculo e arma ao mesmo tempo, elle nos supprime as distancias pela rapidez, e centuplica nossas forças. Para o gaúcho, especialmente, para o filho errante da campanha, esse vinculo se estreita.

O peixe carece d'agua, o passaro do ambiente, para que se movam e existam. Como elles o gaúcho tem um elemento, que é o cavallo. A pé está em secco, faltam-lhe as azas. N'elle se realiza o mytho da antiguidade: o homem não passa de um busto apenas; seu corpo consiste no bruto. Uní as duas naturezas incompletas: este ser hybrido, é o gaúcho, o centauro da America.

Contavam muitas cousas a respeito de Manoel Canho.

Não passava elle por lugar onde visse um cavallo enfermo ou estropeado que se não apeasse, fôsse embora com pressa, para o soccorrer. Sangrava-o, si era preciso; cauterizava-lhe as feridas; e até quando já o animal se não podia erguer, elle o arrastava para a sombra e ia buscar-lhe agua no chapéo em falta de outra vazilha.

Tinha comprado alguns cavallos que os donos arrebentavam de mau trato, unicamente para lhes dar repouso e assegurar-lhes velhice socegada. Por causa de um d'estes protegidos seus, que um vizinho derreou, teve elle uma briga feia que felizmente acabou sem desgraça. O vizinho deu uma satisfação completa, alforriando a pedido do gaúcho um reúno que tinha feito a campanha de 1812.

Não via o Canho castigarem barbaramente um animal, sem tomar o partido d'este. Por isso affirmavam que era elle o gaúcho mais popular entre os quadrupedes habitantes das verdes cochilhas banhadas pelo Uruguay e seus affluentes, o Ibicuhy e o Quaraim.

Em qualquer ponto onde estivesse, precisando de um cavallo, não carecia de o apanhar a laço: bastava-lhe um signal e logo apparecia o magote alegre a festejal-o, offerecendo-se para seu serviço. O trabalho era escolher e arredar os outros, pois todos queriam prestar-se, como seus amigos que eram, uns por gratidão, outros por sympathia.

Quando partia, o acompanhavam algumas quadras, curveteando a seu lado, como demonstração de amizade. Afinai paravam para seguil-o com a vista, até que sumia-se por detraz das cobilhas.

Estancias havia em que annunciava-se a chegada de Manoel pelo relincho estridente, que é o riso viril e sonoro do cavallo. Era o gaúcho recebido e afagado na tronqueira pelos camaradas saudosos, que vinham apresentar-lhe o focinho, rifando com ciumes uns dos outros.

Si acontece passarmos á vista da casa de algum amigo, lhe dirigimos um olhar, dando-lhe mesmo de longe os bons-dias. Assim, contavam, que os cavallos amigos de Manoel, quando subiam o teso que ficava fronteiro á sua casa, rinchavam de prazer, abanando a cauda com alegria.

Taes eram os contos que referia a gente da campanha. Verdadeiros, ou não, todos n'elles acreditavam; e até apontavam-se pessoas que tinham sido testemunhas dos factos.

VIII

A BARGANHA

Por sángas e cochilhas, galgando encostas e transpondo barrancos lá vai a baia campos a fóra.

É um adejo essa corrida ; tem a velocidade dos surtos e ao mesmo tempo a serenidade do remigio de uma aguia. Não se ouve o estrupito dos cascos na terra, nem parece que tocam o chão. N'esse deslize rapido e suave, sente o cavalleiro despontar-lhe azas ao corpo, emquanto o pensamento, docemente embalado, colhe os vôos e adormece.

Descambava o sol.

Fez alto Manoel á beira de um arroio, onde havia frescura d'agua, sombra e relva. Perto erguia-se uma choça, perdida no meio dos pampas, como uma arvore da floresta, cuja semente veiu trazida pelo vento.

A egua estava ardendo por esticar os musculos e espojar-se na grama.

— Socegue, moça! disse o gaúcho sorrindo.

Com um molho de ervas seccas esfregou-lhe o pello banhado de copioso suor; e só depois d'isso, consentiu que ella se rolasse pelo capim e estancasse a grande sede, não de um folego, mas por diversas vezes. A impaciencia materna era assim moderada pela intelligente sollicitude do gaúcho.

Emquanto o animal retouçava aparando os tufos da grama viçosa, que vestia as margens do arroio, tratou o gaúcho de refazer as forças.

A choça estava deserta e a porta presa apenas por uma correia. No interior, composto de uma só quadra, havia de um lado a cama feita de estiva e forrada de pellêgos; do outro o brazido onde assava uma grande naca de xarque, suspensa em um espêto. Conhecia-se que a ausencia da pessoa que ahi habitava era recente, pois a carne apenas estava tostada na parte exposta ao fogo.

Entrou Manoel sem hesitação. No deserto, uma

habitação não é mais do que um pouso. Alguem o levanta; o pião de alguma estancia que por ahi pousou; um caçador talvez, sinão um evadido da sociedade. E o rancho lá fica abandonado; aquelle que ahi chega depois é hospede, como o outro que ha de vir mais tarde.

N'essa vasta solidão, onde o homem, ludibrio da natureza, não se possúe a si mesmo, a propriedade não é mais do que a occupação.

Nunca tivera o gaúcho occasião de reflectir sobre essa communidade do deserto, que entretanto agora elle comprehendia por uma intuição. Com a consciencia de seu direito, tirou do espeto a carne já assada e comeu, tendo o cuidado de substituil-a por outro pedaço, que separou das mantas estendidas nas varas da palhoça.

Finda a collação, deitou-se para descansar um instante. Decorrido algum tempo, ouviram-se passos e assomou no vão da porta o vulto de um homem robusto. Dos largos hombros pendiam-lhe, á guisa de abas de ponche, dois pellêgos de carneiro; tinha a cabeça descoberta, e não trazia mais roupa do que uma tanga de velha baeta encarnada.

Vestia a parte núa do corpo, cara, braços e

pernas, um pello rispido e fulvo, semelhante ao do caetetú. Na mão direita empunhava um chuço, cuja haste grossa e faceada servia ao mesmo tempo de vara e de clava. Na esquerda suspendia pelas quatro patas como si fosse algum coelho, o tigre que matára poucos momentos antes.

Correu o desconhecido os olhos pelo interior, perscrutando o que passára em sua ausencia. Vira os passos do gaúcho e do animal nas margens do arroio.

— Deus o salve, amigo! disse Manoel erguendo-se.

— Para o servir; respondeu o desconhecido. Era rouca e aspera a voz, porém articulada. No primeiro instante pareceu estranho que sahisse fala humana d'aquella boca hirsuta, como o focinho de uma fera.

— Por que não se deita? perguntou ao gaúcho com rispidez.

Atirando a caça á banda, comeu o desconhecido a naca de carne, ainda crúa, que estava sobre o brazeiro. Para beber agua foi ao arroio e estendeu-se de bruços pela margem. De volta ao rancho, aproximou-se dos pés do leito onde o Canho estava deitado; e puxando um dos pellêgos que o forravam, estirou-o no chão e deitou-se.

N'esse momento metteu a egua a cabeça pela porta. Dando com o gaúcho sentado, fitou n'elle os olhos, e começou de ornejar baixinho, como para chamar a attenção do companheiro. Acudiu Manoel erguendo-se.

Que alegria ao vel-o aproximar-se! Que afagos trocados entre os dois amigos! A Morena alongava o pescoço, estendia o focinho para os longes da campina, e roçava a espadua pelo gaúcho, vergando faceiramente o hombro, como si o convidasse a montar e partir.

— Ainda não, Morena; coma e descanse primeiro, dizia Manoel, amimando-lhe o collo; ha de vêr o pequerrucho, mas a seu tempo!

Durante as doze horas de conhecimento que tinham, já conseguira o amansador fazer-se comprehender perfeitamente da baia. Era a egua um intelligente animal; e depressa aprendêra a linguagem pittoresca e symbolica inventada pelo gaúcho para suas relações sociaes com a raça equina.

Puxando levemente a baia pela orelha, obrigou-a Manoel a pastar um trevo gordo e appetitoso que estofava as fendas de uma lapa. A Morena quiz recalcitrar, mas cedeu submissa ao olhar imperioso do gaúcho.

Por uma terna sollicitude soffreava Manoel os impulsos de amor materno, poupando as forças da egua, que na impaciencia de vêr o filho, e talvez salval-o, podia matar-se. Tão commum é essa sublime insensatez na creatura racional, que não póde admirar no bruto!

Voltando á palhoça, deu o gaúcho com o caçador que o observava da porta.

— Quer barganhar a egua?

— Não, respondeu Manoel com rispidez.

Esta proposta o desgostou.

— Dou-lhe em troca....

Volveu o homem o olhar á sua pessoa e o devolveu em torno, buscando um objecto que servisse para a barganha proposta: descobriu a alguns passos, meio enterrada, uma velha chilena de ferro, torta e desirmanada......

— Dou-lhe em troca esta chilena!... Não faça pouco. A sua de prata, ou de ouro que fosse, não valia tanto. Saiba que pertenceu ao famoso capitão Artigas, cavalleiro como nunca houve no mundo, nem ha de haver.

Sorriu-se Manoel.

— Vale muito, nem digo o contrario. Mas a egua não me pertence.

— De quem é então?

— De ninguem. É livre!

— Está zombando?

— Dou-lhe minha palavra. É livre, tão livre como eu; disse o gaúcho com firmeza.

— Bem : n'este caso, eu a tomarei para mim.

— Com que direito?

O caçador grunhiu uma especie de riso, que insuflou-lhe as ventas largas.

— Vê aquella onça? Esta manhã era mais livre do que a egoa.

— Perca a esperança, que a egua não ha de ser sua.

— Porque então?

Fitando no caçador um olhar limpido e sereno, respondeu o gaúcho com pausa :

— Porque eu não quero.

— E como se chama você, homem?

— Manoel Ganho, para o que lhe aprouver.

— Pois digo-lhe eu, Pedro Javardo, que a egua ha de ser minha.

— E eu juro, palavra de um brasileiro, que si tiver o atrevimento de pôr-lhe a mão, hei de montal-o como um porco do mato que é, para cortal-o com estas chilenas.

— Está você falando sério?

— Experimente.

— Veja em que se mette. Ainda não achei homem que me fizesse frente.

— Pois achou um dia.

— Tenho eu força n'este braço como um touro.

— Touros costumo eu derrubar todos os dias no campo.

— Então não se desdiz?

— Tenho mais que fazer do que atural-o. Vou longe e com pressa.

Carregando o chapéo na testa, passou o gaúcho com arrogancia por diante do caçador: atirando-lhe aos pés uma moeda de prata, entrou no rancho, e cortou um pedaço de carne para a viagem.

Ao sahir não viu mais o caçador. Conhecedor, porém, da indole perfida d'esses abutres de especie humana, habitantes do deserto, redobrou de vigilancia.

Não tinha dado dois passos, quando Pedro, occulto n'uma ramada, se arremessou contra elle, com um salto de tigre. Estava, porém, o gaúcho prevenido, e desviou-se a tempo; sacando a faca esperou o inimigo de frente.

A esse tempo a baia aproximou-se; quando Manoel ia montar, o caçador, já armado com o chuço, investiu furioso.

IX

AMIGAS

Sentindo os joelhos do gaúcho a lhe cingirem os rins, a egua disparou, sibilando nos ares como uma seta.

Rangeram os dentes de raiva ao Javardo; mettendo a mão por baixo do ponche desenrolou da cintura um laço, que n'um apice girou-lhe duas vezes em torno da cabeça, e foi arremessado longe com força desmedida.

A Morena estacou de repente. O laço a colhêra pelos peitos. Procurou Manoel na ilharga sua faca para cortar a trança de couro, que prendia o brioso animal, porém não a achou; com a pressa de montar resvalára da cinta.

Entretanto o caçador com os pés fincados no chão, fazia grande esforço para conter o impeto do animal, que ficára como suspenso na corrida veloz, com as mãos erguidas e unicamente apoiada sobre os cascos posteriores.

— Hup, Morena! gritou Manoel debruçando-se sobre o pescoço da egua

A baia retrahiu-se como o gato selvagem quando prepara o salto. Não decorreu um instante; o corpo robusto do caçador, arrancado como um cedro que o pampeiro arrebata, rolou pela encosta. Assim arrastado, bateu acaso no toco de um pinheiro e poude trançar n'elle as pernas.

Bruscamente soffreada, a egua estacou de novo, mas para colher as forças e arrancar mais impetuosa. A trança do laço estalando foi açoutar a cara de Pedro que rugiu como um touro.

Manoel voltou ao lugar onde lhe cahira a faca para a apanhar. Outra vez a corrida veloz da Morena fendeu o immenso deserto, que se dilata pelas margens do Paraná.

Levanta-se a lua.

O vulto do astro se reflecte nas aguas de um banhado. Entre o céo e a terra fluctuam tenues vapores que os raios da lua nova infiltram de uma luz cerulea e rociada. Sob essa gaza suave e transparente se desdobra, como um lençol a vasta planicie.

Duas vezes durante a noite apeou Manoel para dar folego ao brioso animal. A mãi sofrega por chegar reluctava sempre, alongando o pescoço para o horizonte, soltava um relincho penetrante e anciado.

Na sua impaciencia, abandonava por momentos o gaúcho e avançava pelo campo fóra. Mas voltava logo arrependida e submissa.

Porque o animal selvagem e livre não corria onde o chamava o instincto com tamanha vehemencia? Tinha elle necessidade do homem, carecia do auxilio do amigo? ou uma força desconhecida o prendia á vontade superior que o tinha domado?

Quem o pôde saber?

Apezar de seu desejo de satisfazer o impulso da baia, Manoel usava da severidade necessaria para impedir um esforço que podia ser fatal. Elle sabia que o teor da paixão é sempre o mesmo no homem, como no bruto.

Ao alvorecer, o deserto muda de physionomia:

perde a expressão harmoniosa e suave, para tomar um aspecto agreste. O senho é torvo. Ha nas asperrimas devezas, que erriçam agora o horizonte, traços de um semblante carrancudo.

Já não ondulam docemente, espreguiçando pelo campo em brandos contornos, as lindas collinas que a imaginação pittoresca dos gaúchos chamou cochilhas, ao recordar a curva seductora da moreninha. Tambem não se retrahem mais com leve depressão os valles macios que semelham o regaço da donzella.

As fôrmas da campanha se convulsam agora. São bellas todavia; ainda se percebem alguns contornos maviosos, mas pertencem a um corpo rijo e inteiriçado.

Grupos de pequenos penhascos vestidos de uma vegetação ingrata e sáfara annunciam essa phase do deserto: são como as primeiras enervações da natureza dos pampas. Succedem algumas rampas aridas incrustadas de grandes seixos dispersos, estilhaços de primitivas explosões. Afinal levantam-se grandes molhos de esguios alcantis, cobrindo a lomba dos serros, como hispidas cerdas.

Quando attingiu Manoel as orlas crestadas da

bronca região, um bando de urubús, vindo de remotos sitios, voava na direcção do serro.

Descobriu-os a egua; soltando um gemido fremente e afflicto redobrou de velocidade. No desespero do temor que a arrastava, parecia querer lutar de rapidez com o abutre. Aspirava o ar com sofreguidão, coando no olfato as minimas emanações trazidas pela brisa. De vez emquando vibrava um hénnito agudo e estridente, como o rugido da leôa; immediatamente estendia as orelhas para recolher algum tenue som remoto, em resposta ao seu offegante appello.

Chegou emfim.

A meio da fragosa encosta havia um largo pedestal de rocha, sobre o qual se erguiam como grupos de columnatas, algumas touças de palmeiras.

Quasi ao rez do chão abrira o granito uma fenda estreita; dentro via-se alguma relva e plantas que sem duvida povoavam a caverna. Os urubús piavam, esvoaçando de rama em rama.

Foi ahi, que a egua arquejante esbarrou a corrida; não se podendo mais ter sobre os pés cahiu de joelhos : mettendo o focinho pela fenda, arrancou do peito um clangor inexprimivel. Ia de envolta n'esse brado o nitrido argentino que é o grito de jubilo do cavallo, com o rincho aspero e brusco, lamento de uma dôr subita.

Não cessava a mãi afflicta de farejar o interior da caverna, e lastimar-se ornejando submissamente. Esse primeiro instante foi só do filho, que ali estava, ainda vivo sim, mas prestes a exhalar o ultimo alento. Não se lembrou de nada mais; nem d'ella, nem mesmo do amigo generoso e dedicado que a trouxera. Pouco se demorou porém n'essa atonia.

Ergueu a fronte e pôz no gaúcho olhos ternos e supplicantes, ao passo que a pata copada e rija batia a fenda da rocha; consolou-a Manoel afagando-a com a mão e o doce murmurejo que falava ao coração materno. Nas farpas da pedra, gretada pela parte interior, estavam grudadas por visgo branco resteas finas e macias de um pello alasão: da parte exterior, porém, via-se pelo resbordo, molhos de fios alvacentos.

Levantára-se a Morena e pela rampa ingreme subira ao respaldo do penhasco. Ali estava entre os troncos das palmeiras, sob um arbusto em bastido, a cama de folhas e grama, que servira de berço ao filho. Entre o fino capim, sobre a crosta argilosa do rochedo, descobriam olhos vaqueanos o rastro de um casco pequeno e ainda vacillante, a julgar pela leve depressão da terra. Baralhado com este o rastro maior do puma, seguia um trilho de sangue na direcção da selva. Em todo o circuito, desde a fenda até á mata, o chão estava profundamente escarvado pelos cascos da egua.

Para o fundo, o terrado declinava e abrupto sumia-se por funda barranca; era ahi o ventre da caverna a que a fenda servia apenas de glote. Acompanhando o movimento do animal que em risco de precipitar-se alongava o pescoço, sondava Manoel as profundezas da gruta.

N'esse momento ouviu-se um som debil e flente que vinha da fenda. A mãi afflicta correu para ali e tornou a chamar anciosamente o filho. Emtanto os ramos se afastavam e outra egua, de pello tordilho, se aproximou, seguida do seu poldrinho; viera trazida pelo rincho da companheira. Eram amigas; abraçaram-se cruzando o pescoço e acariciando-se mutuamente na espadua. Depois de trocadas estas primeiras caricias, a recem-chegada começou uma serie de movimentos entrecortados de rinchos que deviam ser a narração eloquente dos successos anteriores. A Morena attendia immovel.

Presenciou o gaúcho do alto aquelle terno colloquio, que veiu completar a noticia colhida na confissão da baia e na investigação do terreno. Sabia agora toda a verdade do triste acontecimento.

Havia oito dias que tivera a Morena um lindo filho alasão. Uma tarde, quasi ao escurecer, o puma assaltára a malhada do poldrinho, que recuando intrepido para fazer face ao inimigo, escorregára pela rocha e cahira na gruta. Acudira a mãi; perseguiu o animal carniceiro, e lhe fendeu o craneo com as patas. Quando fazia os maiores esforços para tirar o filho, foi ali captiva do chileno, attrahido pelos rinchos angustiados. Na sua ausencia conseguira o poldrinho galgar até á fenda e introduzir por ella o focinho. Foi então que a tordilha, condoida do orphão, se roçára com a lapa afim de pôr-lhe as têtas ao alcance. Amamentou-o assim alguns dias; mas os torrões argilosos, onde pisava o animalsinho, cederam aprofundando-o pela caverna.

Lá devia estar, pois, inanido a soltar o ultimo alento.

X

MAMÁI

Sem hesitar penetrou Manoel na gruta.

Era difficil a entrada, pela angustia da passagem, que formava a laringe da caverna. A garganta já era estreita e sinuosa; mas ali duas cartilagens do rochedo cerravam o canal. A saliva que segregavam as porosidades calcareas do granito, humedecia todo esse tubo, e o forrava de um muco limoso.

Comprehendia-se bem como a caverna devorára tão rapidamente o poldrinho. Á imitação da giboia o envolvêra da baba, para que resvalasse ao longo da garganta. Mais uma semelhança que mostra o padrão uniforme de cada região da terra.

As monstruosidades da natureza ánimada têm um ar de familia com as monstruosidades da natureza inerte. O elephante, o maior quadrupede, é filho do Himalaya. A sucury, a maior serpente, é natural da Amazonas. O passaro gigante habita os cimos da America sob o nome de condor, e os da Asia sob o nome de roc.

Depois de longos e continuos esforços, conseguiu o rapaz arrancar da gorja do rochedo uma das guelras. Ficaram-lhe as mãos ensanguentadas; mas nem reparou em tal cousa. Introduziu a cabeça, logo após os hombros e surdiu emfim no ventre da caverna. O poldrinho arquejava a um canto. Immediatamente o suspendeu com ternura e mimo, cingindo-o ao seio, para transmittir-lhe o calor vital. Mal gemera a cria, appareceu na entrada a ponta do focinho da Morena.

Em risco de estrangulação a misera mãi se alongára pela gruta a dentro, soluçando e rindo; soluçando pelo filho moribundo, e rindo pelo filho ainda vivo; duplo sentir e avêsso, que sómente se explica pelo fluxo e refluxo do oceano, a que chamam coração.

Ergueu Manoel o poldrinho, que a egua segurando pelas clinas tirou fóra da gruta e pousou sobre a relva; deitando-se para o conchegar a si.

Em semelhante situação, a mulher mãi embebia a criança de lagrimás e beijos, e a cerrava ao seio para aquecei-a ao seu contacto A egua mãi lambeu o filho e o cobriu todo de uma baba abundante e vigorosa. No fim de contas a caricia materna é a mesma no coração racional, como no coração animal; uma extravasão d'alma que immerge o filho e uma influição do filho que se embebe n'alma.

A mulher chora, soluça, beija e abraça; a egoa lambe e n'esse unico movimento ha a lagrima, o soluço, o osculo e o amplexo: o amplexo da lingua, que é o abraço intelligente do animal.

Emquanto assim procurava a baia reanimar o poldrinho, estavam contemplando-a mudos e igualmente commovidos, o Manoel de um lado, do outro a tordilha. Esta deitava sobre a amiga uns olhares longos; de vez em quando castigava a travessura de seu poldrinho, arredando-o de si, quando se elle chegava para acaricial-a. Não queria ella, a mãi feliz, dar áquella mãi desventurada o espectaculo de sua alegria.

Aquecido pela baba ardente do seio materno,

foi o coitadinho a pouco e pouco recobrando o alento. Fazendo um esforço, poude a Morena roçar as têtas roliças pela boca ainda immovel do filho.

Ahi interpoz-se o Manoel, que espiava esse instante. Tinha a egua corrido cerca de vinte horas successivas, intercaladas apenas de um breve repouso. O suor que ha pouco alagava-lhe o corpo, ainda perla sua roupagem macia. Arqueja ainda a vigorosa petrina e o resfolgo é ardente como o fumo de uma cratera.

Receia o gaúcho que esse leite agitado, não só pela fadiga, como por abalos profundos, seja, em vez de licor vital, mortifero veneno. Tira, pois, o poldrinho do regaço materno, apezar da reluctancia da Morena, que afinal cede. Fôra necessaria alguma severidade; Manoel com o fragmento do laço, peára-lhe as mãos, obrigando-a assim a repousar para melhor tratar depois do filho.

Tomando então o poldrinho no collo, chamou a tordilha que ligeira acudiu offerecendo as têtas para amamentar o pobresinho desfallecido. A primeira sucção foi debil e intermittente; depois mais forte e continua. Não consentiu porém o gaúcho que mamasse muito; e recebida a sufficiente nutrição, restituiu-o á mãi sofrega por elle.

Cahira o poldrinho no deliquio natural depois de longa privação de alimento; succedeu um somno reparador, que elle dormiu no regaço e sob os olhos da mãi. Tambem esta, colhendo alguns molhos de relva fresca e nutritiva, socegou da agitação e fadiga de tão longa corrida.

Consentiu a tordilha então que o seu pirralho brincasse, mas longe, para não acordar o camarada; e Manoel batendo o isqueiro chamuscou um pedaço de xarque para o almoço.

Era passada uma hora.

Abriu os olhos o poldrinho, inteiriçou os membros tropegos, e erguendo o curto focinho, soltou um suave ornejo, que na linguagem da natureza exprime o eterno e sublime balbucio da criança, e na linguagem dos homens se traduz por esta palavra-hymno:

— Mamã.

Palavra innata, que o espirito traz do céo, como traz a consciencia de sua origem. Quando Deus incarna as almas, para semear a terra, imprime-lhes dois emblemas indeleveis: a consciencia da divindade e a intuição da maternidade; o verbo divino e o verbo humano.

Quem póde affirmar que o animal seja atheu? Os mugidos merencorios do gado ao pôr do sol, os descantes das aves na alvorada, os uivos lastimosos do cão durante as noites de luar, o balido das ovelhas alta noite, sabe alguem acaso si esta é ou não a prece do filho da natureza?

O sentimento da maternidade, esse é de uma evidencia, muitas vezes humilhante para a raça humana. Em todo o corpo onde ha uma restea de vida, reside uma voz para balbuciar o verbo humano. Desde o rugido do leãosinho até o imperceptivel estalido da larva, todo o ente gerado diz mãi.

Tambem seio, dotado de faculdade conceptiva, nenhum ha que não palpite intima e profundamente ao echo d'aquelles sons. Parece que elle conserva a sensibilidade interna do contacto com o filho que gerou; a dôr, como a alegria, se communica e transmitte de um a outro por mysteriosa repercussão.

XI

ADEUS

Cabriola a Morena em volta do filho, agora de todo reanimado.

Não parece já aquella ardente natureza, cheia de paixão; tornou-se menina; eil-a agora travêssa rapariga, a saltar sobre a relva em dia de folgares. Como alegre caracola, e atira ás hupas lascivas, soltando relinchos de prazer! As dengosas moreninhas das margens do Jaguarão, não se requebram com mais gracioso donaire, ao som da viola.

Não é só amor, paixão e culto, a maternidade; mas tambem e principalmente uma reproducção da existencia. Renasce a mãi no filho, volve á puericia para simultaneamente com elle, a par e passo, de novo percorrer a mocidade e a existencia. Deus lhe deu essa faculdade de se desviver, para que transviva na prole; sem isso como seria possivel á debil creatura romper os limbos da infancia?

Ha duas concepções.

A primeira, material, que produz o feto: é a mais breve e a menos dolorosa. Este parto reduz-se á dilaceração do seio quando o rasgam as raizes da nova existencia que desponta. Dôres cruas, mas ineffaveis; lagrimas congeladas, mas que se diluem em jubilos santos!

Desde que nasce o filho, logo a mãi de novo o concebe, mas dentro d'alma: ha ahi um seio creador, como o utero; chama-se coração.

Dura esta gestação moral, não mezes, porém annos; os estremecimentos intimos e os repentinos sobresaltos se transmittem; ha um cordão invisivel, que prende o coração-mãi ao coração-filho, e os põe em communicação. A vida é uma só, repartida em dois sêres.

Admiravel sollicitude da natureza! O grelo, que borbulha, rompe a terra protegido pelas rijas capsulas da semente. O ovo é o primeiro berço da cria, cujo germen tem em si. Na entranha da serpe tambem está o regaço e o ninho, que recolhe a prole debil. Nenhum animal, porém, realisa a segunda gestação, a que chamam infancia, como seja a sarigueia; o filho nasce duas vezes; a primeira vez para a mãi; a segunda vez para si.

Semelhante á membrana que forra o seio do animal, é a sollicitude do coração da mulher e a ternura que envolve a criança, formando um berço para a alma do filho. Por isso não ha dôr que se compare ao parto do coração materno, á essa dilaceração d'alma quando separa de si o filho já criado, que nasce emfim para os trabalhos da vida.

Cada filho é, pois, uma nova mocidade para a mulher. A mãi só envelhece, como a arvore, quando lhe estanca no seio a seiva, que devia despontar em renovos e viços. Que importam as rugas do cortice e as carcomas do tronco?

A flôr é a eterna juventude; e o filho é flôr.

Que lindo poldrinho o da Morena! Uma pellucia de côr alazã, macia como a felpa de um setim, vestia-lhe o corpo airoso e gentil. Tinha ainda certa desproporção das fórmas, que em sendo bellas, como as d'elle, augmentam a graça da meninice.

Afastára-se Manoel para descançar o corpo sobre a grama. Emquanto festejava á baia seu poldrinho, sem nunca se fartar de o vêr e possuir, dormiu o gaúcho um somno breve, mas profundo e reparador. Era tarde cahida quando despertou.

Voltava a tordilha, guiando as selvagens coudelarias, que vinham felicitar a exilada pela sua boa volta aos serros nativos. Os relinchos de prazer, as alegres cabriolas, não tinham que invejar ao mais terno agasalho da familia que revê a irmã perdida. Se differença houve, foi a favor dos agrestes filhos dos pampas. Nenhum se lembrou que era mais uma fome para á communhão. O cavallo é sobrio e generoso.

Erguendo-se o gaúcho, dispararam os magotes, e sumiram-se por detraz de um serro. A baia, porém, foi ter com as irmãs e conseguiu que tornassem. Outra vez appareceu o bando, mas parou em distancia ao signal do chefe, soberbo alazão, cuja estampa magnifica desenhava-se em miniatura no lindo poldrinho recem-nascido. O altivo sultão do selvagem harem avançou cheio de confiança.

Tinha a Morena contado o que por ella fizera seu bemfeitor?

O pai do mágote e o gaúcho saudaram-se como dois reis do deserto. Não houve entre elles afagos nem familiaridades, mas uma demonstração grave de mutuo respeito e confiança.

Quanto, porém, ás companheiras da baia, essas apenas viram o alazão aproximar-se do gaúcho, fizeram-lhe uma festa como não se imagina. Manoel recebeu-as a todas com a effusão e prazer que sentia por essa raça predilecta. A umas alisava o collo, a outras penteava as clinas, ou amimava-lhes a garupa. E todas se espreguiçavam de prazer e trocavam signaes de grande affeição, como si fossem amigos de muito tempo.

Nunca Manoel sentira tamanho prazer. Acharse no meio d'aquelles filhos livres do deserto; admirar de uma vez tão grande numero de lindos e altivos corceis; deleitar-se na contemplação das estampas mais elegantes e garbosas; admirar a casta em sua pureza, e nos mais bellos typos, ennobrecidos pela independencia e liberdade: ha gozo que se compare a este para um pião?

O avaro, nadando em ouro, não teria as ineffaveis emoções de Manoel n'aquelle momento, no meio dos magotes que o festejavam, escaramuçando em tôrno. Tambem elle era filho do deserto, e desejaria fazer parte d'aquella familia livre, se outros cuidados não o chamassem além.

Cuidou emfim o gaúcho da partida. Cumprira o dever de... Ia dizer de humanidade e talvez não errasse: tão intelligente e elevado era o sentir d'essa alma pelo brioso animal, que elle prezava como o companheiro e amigo do homem! Para elle, que devassava e entendia os arcanos da organisação generosa, o cavallo se elevava ao nivel da creatura racional. Tinha mais intelligencia que muitas estatuas ermas de espirito; tinha mais coração que tantos bipedes implumes e acardíacos.

Não direi comtudo dever de humanidade; mas de fraternidade, o era de certo: posso affirmal-o. Manoel considerava-se verdadeiro irmão do bruto generoso, bravo, cheio de brio e abnegação, que lhe dedicava sua existencia, e partilhava com elle trabalhos e perigos.

Teria a si em conta de um egoista e cobarde si não seguisse os impulsos de seu coração restituindo uma ao outro aquella mãi orphã ao filho desamparado. Agora que estava, uma tranquilla e contente, o outro salvo e reanimado, e completa pela mutua adhesão aquella dupla existencia, podia-se ir socegado; e o devia quanto antes, que um dever imperioso o reclamava em outro logar.

Esse dever, sim, era humano; era a vingança do filho contra o assassino que lhe roubára o pai.

Segurou Manoel com o fragmento do laço do caçador uma egua rosilha, que já não tinha poldrinho a amamentar. Nenhuma resistencia fez o animal; todos se haviam rendido á influencia mysteriosa do gaúcho; e todos desejavam tanto mostrar-lhe seu affecto, que houve quasi querellas e arrufos de ciumes pela preferencia dada á rosilha.

Quem mais se agitou com esta escolha foi a Morena. Embebida até então com o poldrinho, toda ella era pouca para a satisfação e alegria d'aquella restituição. Multiplicava-se; havia tantas mãis n'ella quantos sentidos; uma nos olhos, que embebiam o filho; uma nos ouvidos, que o escutavam; uma na lingua, que o lambia; uma nas avidas narinas que o farejavam; uma no tacto com que o conchegava.

Mas onde estava ella sobretudo era n'aquelle sexto sentido, exclusivamente materno, que reside nas têtas lacteas, o sentido da sucção, pelo qual a mãi sente que se derrama no corpo do filho, e se transporta gôta a gôta para aquelle outro eu.

Percebendo o movimento do gaúcho, foi a egua arrancada ao jubilo materno pela lembrança do que devia ao bemfeitor. Correu para elle; e afatando meio agastada a rosilha, cingiu com o pescoço a espadua do amigo.

Manoel abraçou-a entre sorriso e magoa.

— Pensavas tu, Morena, que me iria sem abraçar-te?... Adeus!... Levo de ti muitas saudades. A corrida que demos juntos, nunca, nunca hei de esquecel-a!... Duvido que já alguem sentisse prazer igual a esse. Falam outros das delicias de abraçar uma bonita rapariga; si elles te apertassem como eu a cintura esbelta, voando por estes ares!... Adeus! Lembranças ao alazãosinho.

Arrebatando-se á emoção da despedida, pulou o Manoel no costado da rosilha, e apartou-se d'aquelle sitio. No momento em que virava o rosto, que tinha voltado para vêr a baia, esfregou as costas da mão pela face esquerda.

Seria uma lagrima que brotava ali?

Ficou-se immovel a egoa, com a grande pupilla negra fita no cavalleiro que afastava-se rapidamente. Seu peito arfava com ornejo profundo, que parecia um soluço humano.

XII

VOLTA

Ao cabo de algumas quadras, ouviu Manoel estrupir longe, pela campina aquem, outra corrida mais veloz que a sua.

Pensou que fosse a repercussão do galope de seu cavallo, mas conheceu que se enganava. Voltando o rosto viu a Morena, que breve se perfilou com a rosilha.

Algum tempo seguiu assim unida, como em parelha. Sensivel áquella demonstração de carinho, o gaúcho se derreou para recostar sobre as espaduas da amiga.

Mas o poldrinho chamou a mãi, que estremeceu; mordendo irada a rosilha, correu á disparada para o filho, e logo tornou ainda mais rapida ao cavalleiro, a quem breve alcançou. Ganhando a dianteira á rosilha, fêl-a esbarrar um instante. De novo a reclama a voz do sangue; mas não lhe cede de todo a gratidão.

Ainda tropego e debil, o poldrinho mal ensaiava os passos sobre a encosta. A Morena ora o instigava á corrida, ora se arremessava em seguimento do cavalleiro, soltando o hénnito plangente da saudade; já volve, já avança, quando não hesita, partida entre dois impulsos e captiva de duas vontades em um só corpo.

Comprehendeu então o gaúcho os extremos da gratidão do animal. A mãi não queria mais separar-se do amigo que lhe salvára o filho. Para bem certificar-se, o gaúcho perscrutou o desejo da baia na grande pupilla negra e limpida, que ella fitava em seu rosto.

Esses dois seres trocaram longo e profundo olhar; n'esse contacto de duas almas soldou-se o vinculo de uma amizade que devia durar até á morte.

Sem apear-se, suspendeu Manoel o poldrinho, que atravessou na sarnelha, amparando-o com o braço, como uma criança. Conheceu-se a alegria da Morena pelo riso harmonioso e vibrante e pelas gambetas que deu a travêssa.

Partiram todos, d'estas vez sem estôrvo. Passadas as primeiras horas, a Morena, que em principio se mostrára prazenteira e contente, começou a dar signaes de impaciencia; de vez em-quando mordia o pescoço da rosilha: se esta se desviava do rumo em que iam ambas desfiladas, obrigando assim o gaúcho a afastar-se d'ella, immediatamente arrojava-se contra, repellindo a companheira, como se quizesse disputar-lhe o cavalleiro.

Bem a entendia Manoel: eram ciumes. O amor que toma o homem á cavalgadura, sabia o gaúcho que é retribuido sinceramente. O ginete tem orgulho do cavalleiro que o sabe montar; como tem o soldado de seu general.

Não consente, porém, o amansador que se fatigasse a Morena, por causa do filho que tinha de amamentar, e por isso recusa o lombo que lhe ella offerecia. Debalde a faceira para o tentar alonga-se como uma flecha, e excede na corrida á rosilha. Debalde colhendo os flancos, se lança aos arremessos, como a corça, promettendo n'aquelles surtos as delicias da equitação: Manoel resiste a tudo, por amor do alazãosinho.

Dormiu o gaúcho n'uma restinga de mato.

Por madrugada ouviu Manoel longe uns ornejos de zanga, e não vendo a Morena, seguiu-lhe a pista. Acabava ella de despedir a rosilha, e vinha aos saltos, contente e folgando, offerecer o costado ao cavalleiro. Seria ingratidão recusar; depois de amamentado o alazãosinho, partiu aquella familia selvagem, que se tinha formado no deserto, em face da natureza.

A pino do sol, encontrou-se Manoel com uma tropilha, á frente da qual reconheceu D. Romero.

— Bons dias, amigo, já vem de volta? Então foi buscar o poldrinho tambem? D'essa não me tinha eu lembrado.

— Viva, senhor; respondêra o gaúcho seccamente.

— Quer o amigo por ella com o poldrinho duzentos patacões? Tenho que fazer um mimo a certa moçoila... É pegar da palavra, emquanto não me arrependo.

Nada mais natural do que offerecer preço por um cavallo, objecto de commercio. Alguns donos até se desvanecem com as boas propostas que lhes fazem. Cada preço alto é um brasão de fidalguia para o animal.

Irritou-se entretanto o Manoel com o offerecimento do chileno. Pareceu-lhe aquillo uma affronta igual á de pôr a preço uma pessoa de sua familia, uma irmã.

— Se lhe pesam seus patacos, pinche-os, que não faltará quem os apanhe; respondeu com tom rispido.

— Por pouco se escandalisa o amigo! disse o chileno sempre calmo e polido.

— Até vêr, senhor.

Por volta da noite, chegou o gaúcho á pousada, de onde sahira havia quatro dias. O Perez já não o esperava mais, cuidando lá comsigo que o homem levára-o a breca, arrebentado com a egoa ahi sobre algum barranco.

Depois de bem agasalhada a Morena e o poldrinho, trouxeram um bom assado de couro com escaldado, que o Manoel comeu, escanchado na ponta do banco que lhe servia de meza.

Ahi contou Canho ao Perez os incidentes de sua jornada pelo deserto, taes como eu fielmente os reproduzi. O que por ventura parecer estranho, corre por conta do gaúcho, em cuja existencia, aliás, havia muitas cousas, que não se comprehendiam.

— Caramba! exclamou Perez. Por uma noiva e pelo pequerrucho que lhe ella désse, você não fazia mais do que pela egoa e seu poldrinho.

O Ganho fitou no semblante do entre-riano os olhos surprezos. Estranho sorriso, perpassou-lhe nos labios.

— Por uma mulher, nada!

— Ai, que você está mordido, Ganho! Alguma lhe fizeram. Essas raparigas são assim mesmo; gostam de moer a gente, como pimenta em almofariz.

— A mim, não, que não lhes dou este gostinho.

— Ora!

— Acredite, se quizer; mas digo-lhe que nunca até hoje me bateu o coração por mulher: e desejo assim. Não póde haver maior desgraça para um homem!

— Tambem isso é de mais.

— Eu as conheço. Gostam de todos, mas não podem viver para um só: se morre aquelle a quem pertenciam, já não se lembram d'elle; e começam a querer bem a outro. Mas é só pelo gosto de terem um companheiro; não que ellas sejam capazes de sacrificar-lhe tudo.

— Muitas são assim, não ha duvida.

— Todas, Perez. Onde acha você uma rapariga capaz de fazer o mesmo que a baia? Porque eu salvei-lhe o filho, tornou-se captiva; e para me acompanhar e me servir deixou sua terra, suas amigas e sua liberdade!

— Lá n'esse ponto, tambem nós homens não nos podemos gabar.

— Nem eu digo o contrario. Todos os amigos juntos não valem o Murzello que foi de meu pai; mas os homems, ao menos, não enganam tanto!

O Perez deu boa noite ao Canho; e foram ambos se accommodar. O gaúcho, porém, não pode pregar olho durante muitas horas; o vôo sussurrante de um morcego, que adejava no pateo, o sobresaltou.

Ergueu-se por vezes; foi ao pasto vêr se a egoa dormia, e se o poldrinho desprotegido era victima do vampiro. Fazia um frio intenso; accenden um pequeno fogo de ossos, porque não havia no campo outra lenha; mas só descansou quando poude com a haste da lança abater o morcego.

XIII

A MALIGNA

No dia seguinte o gaúcho estava de pé ao primeiro vislumbre da madrugada. Ensilhou o Ruão e despedindo-se de Perez, se pôz a caminho.

Tres horas andadas, avistou uma casa sobre a esplanada da cochilha. Seu coração bateu com alvoroto. Ali morava o assassino de seu pai. Chegára emfim o dia, o momento da vingança esperada pacientemente.

Quando o Canho, parado um instante, olhava a casa, passaram por elle duas pessoas a cavallo; um frade e um pião de côr preta.

— Parece que o homem não escapa mesmo, padre.

— Com o favor de Deus tudo é possivel, filho; mas elle está muito mal.

— Uma cousa tão de repente. Não ha uma semana que fizemos juntos o rodeio.

Canho sentiu-se inquieto. Pelo caminho que seguiam, os dois cavalleiros de certo vinham da casa. Seria o dono, a pessoa de cuja enfermidade elles falavam?

Desceu o gaúcho o lançante da collina, e approximou-se vagarosamente da casa, espreitando-lhe a apparencia, com receio de confirmar suas apprehensões. No terreiro que havia em frente, brincava uma criança de 8 annos, cavando um buraco na terra com a canna partida de um velho freio.

— Menino, o Barreda está em casa?

— Meu pai?... Está, sim.

— Eu queria fallar-lhe.

— Mas elle está doente?

— Ah! está doente! De que?

— De doença!... A gente tem chorado muito porque elle não escapa. Agora mesmo sabiu o frade que veio para a confissão.

Manoel pensativo não escutava a tagarellice do menino.

— Diga-me; quando a gente morre, enterra-se

n'uma cova assim, não é? tornou o menino apontando para o buraco aberto no chão. Mas este ainda está pequeno para o pai; é preciso cavar mais. Depois bota-se uma cruz, não é?

— Póde-se vêr seu pai?

— Entre!

A sala estava deserta; mas em um aposento contiguo, ouviam-se gemidos, pranto suffocado, e vozes abafadas. Era o quarto do enfermo. Chegando-se á pórta, o gaúcho pôde vêr Barreda prostrado na cama e succumbindo a uma febre violentissima.

Ninguem fez reparo no recem-chegado. No campo, onde a morada do pobre, como do rico, está aberta sempre ao viajante, o hospede não é um estranho. Além de que n'esses momentos solemnes a casa como que se transforma em templo, onde todos entram levados pela curiosidade do terrivel mystério que a alma tenta perscrutar.

Outra razão especial ainda havia para demover de Manoel a attenção das pessoas reunidas no aposento do moribundo. Todos os olhos estavam fitos em uma velha curandeira que n'esse momento examinava o Barreda. Depois de lhe ter virado as capellas dos olhos torcido as azas do nariz, e beliscado as bochechas, a mulher estava agora occupada em examinar os braços e o peito do enfermo.

Achou ella alguma cousa, porque segurando as cangalhas de chumbo no nariz adunco, e approximando a candeia com a mão esquerda, esteve a examinar pausadamente o logar, que esfregou com um pouco de aguardente.

Acabado o exame, deitou a candeia no garavato, e levantou-se espalmando as mãos nas cadeiras derreadas com o cansaço de estar tanto tempo curvada. Os olhares dos circumstantes fisgaram-se no semblante da velha como se quizessem arrancar-lhe dos labios á força o segredo da sciencia. Ella o comprehendeu. Acenando com a cabeça de um e outro lado, para approximar em circulo as pessoas presentes, resmungou á meia voz:

— Não tem que vêr! Eu disse logo que me chegou o recado; não passa de bexigas. Lá está a primeira borbulha; mas não chega a sahir; concluiu ella abanando a cabeça.

A palavra bexiga produziu sossobro nas pessoas presentes. A mulher redobrou de pranto; quanto aos mais, parentes e curiosos, foram-se esgueirando pela porta do quarto a pretexto de estar muito quente; e com pouco desappareceram, tremendo á suspeita de levarem já o contagio da terrivel enfermidade.

Foi-se tambem a curandeira, porque não houve quem lhe offerecesse boa paga para ficar. A mulber do Barreda, essa não tinha accordo para cuidar de semelhante cousa.

A todo este movimento assistiu Manoel encostado ao umbral da porta, attonito e perplexo.

Viera com um fim, e achava-se ali como suspenso, ante aquelle espectaculo, que o impressionára profundamente. Não era a primeira vez que testemunhava o acto supremo do passamento de um homem. Vira piões esmagados embaixo de um cavallo rodado; outros estripados pelas pontas do touro bravo; o proprio pai cabira a seus olhos com o coração traspassado; mas essa agonia lenta e solemne, nunca a tinha contemplado.

De repente o enfermo estortegou na cama; com a voz tropega, cortada pelo soluço, murmurou :

— Agua !

No aposento ninguem mais estava : Manoel circulou com os olhos os cantos e percebendo um cantaro de barro, encheu a caneca, e matou a sêde ao moribundo. Para isso foi preciso passar-lhe o braço pelas costas e erguer o busto.

XIV

O ENFERMEIRO

Repetidas vezes Barreda, devorado pela febre, pediu agua. A mulher approximava-se de momento a momento, receando ser chegado o transe supremo; depois ia de novo atirar-se a um canto, onde ficava como desfallecida.

Vendo Manoel o desamparo em que estava o enfermo, pelo desespero da mulher e medo que inspirava a outros o contagio da molestia, não teve animo de retirar-se n'aquelle instante. Custava, porém, á sua natureza energica assistir impassivel ao soffrimento de uma creatura, sem tentar um esforço qualquer para salval-a.

Veio-lhe de repente á lembrança um caso que

ouvira a seu pai. Sahiu fóra, montou a cavallo, e pouco depois voltou com um novilho, que laçára e prendeu ao lado da casa, na estaca do curral ou mangueira.

O enfermo passára do torpor á excessiva inquietação.

— Tire a roupa de seu marido, que eu já volto. Vou buscar um remedio que hade fazer-lhe bem.

Abatido o novilho com uma pancada na nuca, em um instante Manoel esfolou-o ainda meio vivo; e, correndo á casa; envolveu o corpo do enfermo na pelle tepida e sangrenta.

Feito o que, esperou pelo resultado, assando na braza um pedaço da carne do novilho para matar a fome.

Seu pai muitas vezes lhe contára que na campanha da Cisplatina, o capitão de uma companhia cahira doente com uma febre de cavallo. O cirurgião do regimento empregára em vão todos os meios para fazel-o suar. Pela manhã quando se carneava uma rez, dissera elle a rir, vendo arregaçar o couro; « Que bom lençol! Se me tivesse lembrado, embrulharia em um d'esses o capitão. Não ha febre que resista a semelhante caustico. »

O que o cirurgião não pudera fazer, acabava o gaúcho de pôr em pratica.

Ou fosse pela energia do remedio, ou pelo vigor da organisação, operou-se na enfermidade uma crise salutar, manifestando-se durante a noite reacção franca, annunciada por abundantes suores; de madrugada remittiu a febre, e Barreda cahiu n'um somno profundo.

Manoel passou a noite, como o dia, fazendo o officio de enfermeiro. Apenas deixava o aposento do doente para ir vêr seus amigos, a baia e os outros animaes a quem havia acommodado no potreiro, tendo o cuidado de fazer com um mólho de trevo secco uma cama bem macia para o poldrinho.

Durante dois dias o gaúcho velou sobre o doente, como faria por um amigo. A mulher já reanimada cobrára sua actividade; mas espavoria-se com a idéa de ficar só, e pediu ao Ganho que não se fosse antes de ceder de todo a molestia.

Ao terceiro dia já Barreda, apezar de muito fraco, dava acordo de si, e attendia ao que se passava em torno. A primeira cousa em que reparou foi n'aquelle sujeito, cujas feições não podia distinguir, pela obscuridade do aposento e debilidade de sua vista. Além d'isso o desconhecido calcára o chapéo desabado e erguêra a golla do ponche.

— Quem é? perguntou o enfermo com voz extenuada.

Ganho estremeceu.

— O senhor não me conhece. Vinha para tratar um negocio, mas encontrei-o de cama. Ficará para outra vez.

— É verdade. Estou aqui de môlho, que não sei se arribarei d'esta.

— O peor já passou, agora é ter paciencia.

— Que remedio! Olhe, que foi uma boa peça que me pregou esta macacôa! Precisava ir á casa do Perez receber um dinheiro que me deve um chileno; senão, é capaz de abalar sem pagar-me.

— Já elle o fez! Encontrei-o hontem caminho de Corrientes.

— Diabo! Faz-me falta esse dinheiro, disse Barreda agitando-se na cama.

— Não se agonie; vou buscal-o.

— Como?

— Alcançarei o homem. Dê-me o signal.

O doente chamou a mulher, que tirou da mala um vale assignado por D. Romero e o entregou a

Manoel. Este partiu, no encalço do mascate.

Quatro dias depois estava de volta com o dinheiro. O doente dormia; Manoel não quiz vel-o: fallou á mulher. Pela primeira vez, depois de tantos dias, Manoel olhou de frente para essa creatura, que fôra a causa involuntaria da morte de seu pai. Ainda mostrava quanto devia ser bonita ha dez annos passados..

O gaúcho desviou a vista com repugnancia; e entregando as moedas que recebêra do chileno, tratou de pôr-se novamente a caminho. Esse logar, que já não era o da caridade e não podia ainda ser o da vingança, causava-lhe horror.

Quando se dirigia ao potreiro para montar, encontron o menino com quem fallára no primeiro dia.

— Então vai embora?

— Vou; mas voltarei logo. É pena que você não tenha mais dez anuos.

O menino estremeceu com o olhar que lhe deitou o gaúcho.

Em caminho, pela primeira vez, reflectiu Manoel sobre os ultimos acontecimentos, em que se achára envolvido, sem o esperar. Até então não se dera ao trabalho de pensar a este respeito; mas agora, na monotonia de uma jornada perdida, seu espirito era arrastado mau grado pelas recordações tão vivas ainda.

Era possivel que elle, filho de João Ganho, houvesse um momento sustido nos braços o assassino de seu pai; e não para matal-o, mas para servil-o?

Acreditaria alguem que elle, trazido áquelle lugar pelo desejo da vingança, se tivesse desvellado durante alguns dias pela salvação do causador de sua desgraça!

Sua propria razão não concebia como isso acontecêra. Ás vezes vinham assomos de duvida, que desvaneciam logo ante a realidade tão recente. Manoel tinha a consciencia de sua natureza rispida e concentrada; a indifferença e frieza que mostrava em seu trato, não provinham de um habito sómente; eram a repercussão interior da pouca estima em que o gaúcho tinha geralmente a raça humana.

Entretanto, nos ultimos dias elle fôra tão outro, do que era realmente! Desvelos e solicitude que nunca tivera por pessoas de sua familia, como os sentira por um estranho, pelo homem que maior mal lhe fizera n'este mundo?

O espirito de Manoel agitou-se algum tempo n'esse cahos de seu coração; até que afinal, desprendeu-se uma centelha e os labios murmuraram :

— Eu tenho de matal-o!

Ahi estava a razão. Aquelle homem era sagrado para elle como a victima já votada ao sacrificio. Aquella vida lhe pertencia; fazia parte de sua alma; pois era o objecto de uma vingança tanto tempo afagada.

A idei de que elle havia de matar o Barreda, tornava Manoel compassivo não para o assassino de seu pai, mas para o enfermo que se revolvia no leito de dôres.

LIVRO SEGUNDO

JUCA

Ponche-Verde é o nome de um arroio que desagua no grande rio Ibicuhy, proximo ás suas nascentes.

Não ha melhor archivo para guardar as tradições e costumes de um povo, do que seja sua etymologia topographica. Na pagina immensa do solo nacional, escreve a imaginação popular a chronica intima das gerações. Cada nome de localidade encerra uma recordação, quando não é uma lenda ou mytho que se vai transmittindo de idade em idade até perder-se nas obscuridades do tempo.

Quem sabe hoje porque chamaram ao arroio —

Ponche-Verde? Acaso o banhado onde elle nasce, coberto de limo, traça a fórma caracteristica d'aquelle trajo? Ou será a fina relva das margens, que de longe imita a lustrosa pellucia do panno?

Talvez nem uma, nem outra cousa. Por ventura algum drama vivo, onde reprensentou sinistro papel aquella parte do vestuario nacional do gaúcho, imprimiu á localidade o nome symbolico, hoje vago e incomprehendido.

Em todo caso ahi está um traço physionomico da campanha rio-grandense : o typo gaúcho.

Nas margens d'esse arroio pelejou-se, em 26 de maio de 1843, um combate em que Bento Manoel derrotou as forças rebeldes sob o commando de David Canavarro. Foi este o prologo da campanha que pôz termo á revolução; o epilogo coube ao bravo barão de Jacuhy escrevel-o com a brilhante victoria de Porongos.

Além, onde a campina se alomba, como o dorso de uma anta, proximo á foz do arroio, havia uma casa com alpendre para o nascente. Á direita pequeno curral, á que na provincia dão o nome de mangueira ; na frente uma grande figueira, isolada em meio do campo ; á esquerda uma ramada ou choça para os animaes.

Embaixo, já na margem do Ibicuhy, viam-se cinco ou seis ranchos esparsos pela campina; alguns pertenciam á estancia cuja casaria destacava-se no horizonte, em meio de um bosque de arvoredos fructiferos; outros á gente pobre a quem o proprietario consentia habitar em suas terras.

O mais proximo povoado ficava a duas legoas de distancia, no passo de D. Pedrito, sobre o Ibicuhy, onde mais tarde se erigiu a freguezia de N. S. do Patrocinio.

Era sobre tarde.

Estavam no alpendre da casa duas mulheres. A mais idosa, viuva de quarenta e cinco annos, conservava na tez o lustre da mocidade: tinha ainda uma bella physionomia e passaria por formosa se não fôra a excessiva gordura. Quanto á outra, era menina de quinze annos, e muito linda.

Não tinham a minima semelhança; e comtudo ao vêl-as ambas ao lado uma da outra se conhecia logo que eram mãi e filha. Os affectos de que estamos possuidos exhalam constantemente de nosso intimo uma perspiração moral. Talvez haja em torno de nós uma atmosphera de sentimento para a alma, como ha uma para o pulmão.

Sentada em um banco, de mãos enlaçadas sobre o regaco acompanhava a mãi os graciosos movimentos da filha, a folgar pelo gramado. Um terneiro alvo e brincão tentava escapar-se para correr após a vacca; porém a travessa menina, atalhando-lhe o passo e cingindo-lhe os braços pelo collo, impedia o intento.

Ouviu-se relinchar ao longe um cavallo. Erguendo os olhos deu a menina com um cavalleiro que transmontára a fronteira eminencia. Distrahida do folguedo, ficou um instante immovel, com as mãos juntas e a vista attenta. Logo após exclamou batendo palmas:

— Manoel!... Manoel!...

— Onde, Jacintinha?

— Olhe, mãisita! respondeu apontando.

— Vejo!

Voltára a mãi os olhos na direcção do cavalleiro; a filha deitou a correr e foi com sensiveis mostras de prazer, caminho da tronqueira, a encontrar-se com a pessoa que chegava.

Com pouco ali appareceu o Ganho, montado no Murzello e seguido da Morena e do poldrinho, que trotavam no meio da tropilha. Apeou o gaúcho para apertar a mão de Jacintinha, e dirigiram-se ambos ao alpendre, depois de algumas palavras trocadas. Quem observasse a menina n'aquelle instante, havia de reparar na sua expressão constrangida. Um motivo qualquer retinha-lhe nos labios, e até no gesto, a effusão de sentimento, que só pelos olhos e a furto lhe escapava. Manoel, porém, não se apercebia d'isso; da irmã não vira mais que o vulto; se lhe perguntassem de repente a côr de seu vestido, com certeza não soubera responder.

Sahiu a viuva ao encontro do filho, logo que elle passou a tronqueira. A dois terços do caminho se encontraram; nenhum porém se havia apressado; o gaúcho adiantou-se porque seu andar era naturalmente mais desembaraçado do que o da matrona.

— Adeus, meu filho. Estás bom de saude?

— Bom, minha mãi, obrigado. E Vmc. como lhe vai?

— Sempre na mesma, graças a Deus!

Subiram ao alpendre.

Deixára-se Jacintha ficar atraz, para correr a poldrinho e o abraçar enchendo-o de meiguices. Dir-se-hia que reconhecêra o animalzinho a irmã de seu amigo, ou se embellezára pela gentiléza da donzella. Apezar de sua arisca braveza, consentiu em ser acariciado; e chegou mesmo a brincar com sua nova companheira.

— Que bonito poldrindo, que elle trouxe, mãisitá! exclamou Jacinta. Tão engraçadinho!

Manoel, voltando-se para o grupo original, envolveu n'um olhar de ternura as duas juventudes, da irmã e do animalzinho.

— Fizeste bom negocio com a egoa, Manoel? Quanto dêste por ella?

— Nada, minha mãi.

— Ah! Foi presente que vos fizeram? Por quanto pretendes vendel-a? Alguns vinte patacões?...

— Não é de venda! respondeu o gaúcho laconicamente, descendo ao pateo.

Nem signal deu a viuva de estranheza por aquelles modos, aos quaes sem duvida estava mais que habituada. Chamou a filha para mandar aprompar a ceia.

— Manoel hade estar com fome? Sem duvida não jantaste, meu filho?

— Pouco e cedo.

— Então vai, Jacintinha.

Tudo isto era dito com o tom calmo e frio das cousas costumeiras. Ninguem acreditára que ali estavam mãi e filho, no primeiro instante de chegada, após uma ausencia de mezes.

Emquanto lhe preparavam a ceia, foi Manoel agasalhar com a maior solicitude a Morena e o filho, não esquecendo os outros cavallos. Cousumiu n'esse mister uma boa hora ; não obstante os repetidos chamados da irmã, só deixou seus camaradas quando os viu bem accommodados, feita a cama de palha, e distribuida a ração da noite.

Então decidiu-se a ceiar, contando porém visital-os antes de dormir.

A refeição era parca : churrasco, bocado classico das campanhas sulanas, queijo, origones ou passas de pecego. Manoel comia rapidamente e de cabeça baixa ; seu olhar uma só vez não procurou o semblante das duas mulheres, para colher ali um vislumbre de prazer por sua chegada.

Francisca de seu lado, cochilando na costumada pachorra, com as mãos cruzadas sobre o regaço, olhava o filho socegada. Não assim Jacintinha.

Com os lindos olhos pregados no semblante de

Manoel, meio reclinada sobre a mesa, scintillante de vivacidade, espiava ella o menor desejo do irmão para servil-o promptamente. Se porém o gaúcho erguia a cabeça, ella se enleiava tremula, não tanto de receio, como do prazer de ser olhada.

Terminada a refeição, preparou Jacintinha o chimarrão; emquanto Manoel chupava a bómba, trocaram-se entre as tres pessoas da familia, algumas palavras, calmas e compassadas, sem effusão, mas tambem sem o minimo resentimento.

— A mãi não teve novidade? Vai passando bem?

— Assim, assim, Manoel; já me sinto pesada. A gordura é de mais.

— Mãisita não gosta de andar; observou a menina.

— Como vai a bragadinha, Jacinta?

— Ah! Morreu, Manoel!...

— Coitadinha! Como?... perguntou o gaúcho enternecido.

— A mãi deu-lhe um couce! respondeu Francisca rindo.

Manoel ergueu-se de mau modo, dando as

boas noites, e sahiu para o terreiro, d'onde ganhou a estrebaria. A Morena e o filho o receberam com mil caricias, que elle retribuiu; arranjou-lhes de novo a cama, com receio de que não estivesse bem macia, escolhendo-lhes alguns mólhos do capim mais tenro; depois do que recolheu a seu aposento, que ficava n'uma especie de sotão por cima da mangedoura.

II

O PAI

Que anomalia era a fibra cardiaca d'esse homem ?

Coração para uma raça bruta, musculo apenas para sua propria especie e até para sua familia.

Quanto se expandia em amor e dedicação com os animaes, seus predilectos, tanto se retrahia com frieza e indifferença ante as mais doces affeições de sangue que o cercavam.

Não se explica semelhante aberração. Talvez que algumas particularidades da infancia de Manoel aventem a razão d'esse teor d'alma tão avêsso da natureza.

Eis o que referiam sobre a familia e a infancia do gaúcho.

João Canho, pai de Manoel, era o primeiro amansador ou pião de toda aquella campanha; á sua destreza em montar e governar o animal com qualquer das mãos deveu elle o appellído que adoptou por nome.

Servira o amansador com Bento Gonçalves na campanha da Cisplatina; pelejára corajosamente em varios combates; e depois de feita a paz, viera estabelecer-se com sua mulher e dois filhos em Ponche-Verde, onde vivia pobremente de sua arte, á qual juntava a pericia de ferrador e alveitar.

Aos oito annos já sentia-se Manoel orgulhoso das proezas do pai. Quando ouvia o antigo soldado recordar suas campanhas e contar as valentias que praticára com um camarada de nome Lucas, do qual sempre se lembrava com saudades; quando sobretudo via o potro mais terrivel subjugado em um momento pelo destemido pião, o gaúchito enchia-se de admiração.

Não lhe fossem fallar de façanhas de heroes, que elle as desdenharia por certo. Não havia para o menino outra gloria senão aquella; nada no mundo se podia comparar, no espirito do filho, á fama do pai.

A alma do menino foi-se moldando naturalmente pelo typo que admirava. A vida de pião inspirava-lhe enthusiasmo. O baguá era para elle o symbolo da força e da fereza; domar o cavallo selvagem, o filho indomito dos pampas, significava o maior triumpho a que podia aspirar o homem. O amansador era o rei do deserto.

Ao mesmo tempo, sempre em contacto com a raça equina, revelavam-se a seu espirito infantil as grandes qualidades d'esse animal de paixões nobres e generosas, capaz das maiores dedicações, intrepido, sobrio, leal, paciente na occasião do sacrificio, impetuoso no momento do perigo.

O menino sentia em si essa mesma natureza, o germen d'aquellas virtudes, e assim gradualmente ia-se operando em seu caracter uma especie de identificação entre o cavallo e o cavalleiro. Era a mysteriosa formação do centauro.

No meio d'essa existencia tranquilla, a aza negra da desgraça roçou pela casa de João Canho.

Foi em maio de 1820.

Estava o amansador uma tarde pitando no alpendre, em quanto a mulhér ninava ao collo o Juquinha, seu ultimo filho. Viu João approximar-se um cavalleiro á disparada; e pouco depois esbarrar no terreiro. Apeou-se rapido e correu para o gaúcho.

— Não me conhece, amigo?

O Canho surpreso respondeu:

— Póde ser; mas não me recordo.

— Sou o Loureiro, de Alegrete. Venho do Salto; os castelhanos juraram empalar-me, e me vêm no encalço. Estou perdido se o amigo não me der um abrigo.

— Entre, senhor; esta casa está a seu dispôr.

— Mas se elles souberem que eu me refugiei aqui, não lhes poderei escapar.

— Fique descansado.

Entrou o Loureiro, a quem Francisca, pela recommendação do marido, agasalhou o melhor que pôde. Entretanto João Canho, em pé no alpendre, olhava o horizonte onde apparecia ao longe um ponto que vinha crescendo. Eram sem duvida os castelhanos.

Pouco depois apearam-se quatro gaúchos orientaes. Um d'elles, mais apressado, tomou a mão:

— Está em sua casa, amigo, um homem de Alegrete, que chegou n'este instante. Queremos fallar-lhe!

João hesitou um momento, se devia negar a presença do Loureiro em sua casa. Repugnava-lhe mentir; tanto mais quanto essa mentira era inútil. Os castelhanos tinham naturalmente visto na porteira o rasto fresco do animal.

— O homem está ahi dentro, senhores. Agora o fallar-lhe, é outra cousa. A que respeito?

— Sobre um negocio urgente.

— Mas qual é?

— Elle sabe.

— Ah! é o negocio que elle sabe? disse o Canho sorrindo.

— Justo!

— Pois esse pediu-me elle que o tratasse em seu nome.

— E o amigo acceitou?

— Porque não? Estou prompto sempre a servir um patricio.

— Pois olhe, d'esta feita não andou bem, asseguro-lhe.

— Veremos.

Os castelhanos se impacientavam, cruzando entre si olhares suspeitos.

— Vamos ter com o homem.

Atravessou-se na frente o João Canho com ar resoluto.

— Senhores, o homem está descansando. Se querem fazer outro tanto, ali está o rancho.

— Fallemos claro, amigo. Viemos á caça do sujeito, e por força que o havemos de levar.

— D'aqui d'esta casa, não ; salvo se elle mesmo quizer ir.

— Veja que somos quatro, e estamos dispostos a ir ás do cabo.

— Ainda que fossem vinte. N'esta casa ninguem entra sem licença de seu dono, e este sou eu para os servir, senhores.

Manoel que de dentro ouvira a altercação sahiu fóra no alpendre movido por infantil curiosidade. Seu pai de pé nos degráos da escada, aproveitando um instante em que os castelhanos se consultavam entre si, voltou-se para o gauchito :

— Corre ; diz ao homem que fuja para a estancia ! Um cavallo sellado, no quintal, já !... Tua mãi que feche a porta ; eu os entretenho por cá ; elle que se musque !

Estas palavras, rapidas e impetuosas, foram lançadas á meia voz no ouvido do menino, que de seu proprio impulso, e empurrado pela mão sofrega do pai, ganhou de um saltou a porta.

Era o tempo em que os castelhanos havendo tomado um partido, caminhavam para o alpendre em attitude ameaçadora. O Canho recuou, mas para alcançar de um pulo o canto onde estavam seus arreios. Travando das correias das bolas, que tangidas pelo braço robusto giraram como um remoinho em volta da cabeça, cahiu sobre os adversarios.

Os orientaes, já senhores do alpendre, fugiram para o terreiro com medo de serem esmagados pela arma terrivel. Em pé sobre a escada, o Canho os dominava outra vez, e repellia com vantagem os repetidos ataques.

Um dos orientaes, armado de uma lança, no momento de subir ao alpendre, corrêra á janella com o intuito de penetrar na casa. Quando Canho voltou-se armado com as bolas, attento ao movimento dos outros adversarios, não viu aquelle que lhe ficava de esguelha, e se havia encolhido.

Por algum tempo, durante a luta dos outros,

elle forcejou para arrombar a janella; vendo porém, que João Ganho levava de vencida diante de si pela ladeira abaixo os outros já bem maltratados, mudou de plano. Agachou-se por detraz do parapeito, com a lança prompta.

Desejára Manoel depois que deu o recado voltar para junto do pai; porém, não consentiu a mãi, que fechou a porta, tirando a chave. Espreitavam ambos pelo olho da fechadura o que se passava fóra, quando o menino avistou o oriental agachado.

— Elle vai atacar o pai! exclamou o menino.

A mesma idéa da emboscada atravessou o espirito da mulher, que abriu de repente a porta. Manoel precipitou-se armado com uma faca immensa, e chegando defronte do oriental, disse-lhe com raiva:

— Eu te mato!

Não se mexeu o oriental; ficou na mesma posição; apenas fez um gesto breve ameaçando o menino com a lança; porém este, longe de fugir, encarou com o sujeito, receiando que se sumisse, antes de o pai chegar.

João Canho voltava da coça que dera nos castelhanos, os quaes ainda o seguiam de longe, mas para apanharem os animaes e safarem-se. N'isto Francisca, debruçada no alpendre e tremula de susto, soltou um grande brado para advertir o marido do perigo d'ella e do filho, ameaçados pelo sujeito agachado.

— Corre, João!

Vendo o oriental frustrado seu intento de surprehender o adversario, ergueu-se para ganhar o terreiro e escamar-se. Mas João Canho, pensando que o grito da mulher era para advertil-o da volta dos castelhanos por elle repellidos, voltára-se rapidamente, e pozera-se em defeza, espreitando onde poderiam estar os assaltantes.

Aproveitou-se o oriental d'esse engano; de um saltou cahiu no terreiro, e cravou a lança nas costas de João Canho. Ferido, o amansador soltou um rugido medonho, e voltou-se com tal sanha, que o oriental espavorido pulou no cavallo e desappareceu.

Quando elle sumia-se com os companheiros, o amansador expirava nos braços da mulher.

Manoel em pé, ao lado d'aquelle grupo funebre, segurava machinalmente a lança assassina, que tinham acabado de arrancar da ferida. Foi n'essa posição, com os dentes rangidos e os labios crespos de colera, que elle recebeu a extrema benção do pai.

III

O PADRASTO

Nunca se soube com certeza da causa por que os quatro castelhanos perseguiam Loureiro. Mais tarde este deu algumas explicações, a instancias dos amigos; porém notava-se na historia por elle contada sensivel lacuna, e muita confusão.

Estabelecido com negocio de fazendas em Alegrete, fôra Loureiro até o Salto para comprar um sortimento de mercadorias de que precisava sua loja. Aproveitou a occasião para vêr a Concordia, cidade argentina que fica na margem occidental do Uruguay.

Demorando-se alguns dias na pousada, se travou de razões com um sujeito de nome Barreda, capataz de uma estancia de Entre-Rios, que ahi estava tambem de volta de Buenos-Ayres. Resultou da altercação desafiar o castelhano a Loureiro, que achou mais prudente mudar de ares.

Voltou immediatamente ao Salto, e mandando sua bagagem por Uruguayana, tomou em direcção a Bagé, onde tinha umas cobranças que fazer. Seguia seu caminho quando, chegando ao alto de uma cochilha, disse o pião :

— Aquelles vêm com pressa!

Referia-se a alguns cavalleiros que despontavam ao longe, e se approximavam rapidamente. Loureiro lembrou-se do desafio e estremeceu. Como escapar? Na campanha não é facil achar um refugio : por toda a parte o horizonte aberto e descortinado.

— Queres ganhar uma dobra? Veste o meu palla, e deita a correr diante d'aquelles sujeitos.

O camarada comprehendêra; apenas uma ondulação do terreno os escondeu, trocou pelo palla vermelho seu ponche azul; recebeu as moedas e despediu a correr. Entretanto o Loureiro contornou a cochilha, cuidando sempre de manter-se fóra da vista dos cavalleiros.

Succedeu o que elle esperava. Os castelhanos,

pois eram elles, vendo fugir ao longe o homem de palla vermelho a quem perseguiam, não repararam na falta do outro cavalleiro, e o deixaram á esguelha abrigado pela rampa do terreno.

Apenas os viu passar, Loureiro deitou a correr não mais para Bagé, nem para o Salto de onde sahira, e sim para Ponche-Verde, que era a fronteira mais proxima do ponto onde se achava.

Essa era a historia contada por Loureiro. Mais tarde, porém, fallou-se de um namoro da mulher do Barreda com o negociante, que se apaixonára pelos bellos olhos da hespanholita. O marido, tendo-os surprehendido, desafiára o continentista, que fugira n'aquella mesma noite.

A noticia da morte de Canho chegou ao Loureiro em Alegrete, dois mezes depois. Penalisou-o em extremo aquella desgraça a que elle dera causa. Lembrou-se da viuva que ficára ao desamparo com dois filhos menores; e sentiu-se obrigado a amparar a familia orphã.

Fez uma viagem a Ponche-Verde com essa intenção.

Francisca era ainda muito bonita; as roupas de luto realçavam sua tez fina e delicada; e as lagrimas derramadas pela perda do marido, tinham accendido em seus lindos olhos um fulgor irresistivel.

Loureiro não foi insensivel a esses encantos. Rendido á belleza da viuva, teve um impulso generoso, que o fez reflectir por muitos dias, antes de tomar qualquer resolução definitiva. Afinal, aproveitando um momento em que estava só com a viuva, disse-lhe :

— Fui eu, sem querer, a causa da desgraça que a senhora soffreu, perdendo seu marido. Se pudesse restituil-o, sem duvida que o faria. Não podendo, faço quanto está em mim: offereço-lhe, para o substituir, outro que ha de estimal-a tanto ou mais.

Francisca chorou, e não respondeu. As palavras de Loureiro foram repetidas por toda aquella redondeza, como um trecho eloquente. Não houve quem não applaudisse o seu acto, como um rasgo admiravel de generosidade. Vieram os visinhos em chusma a felicitar a viuva; as amigas se desfizeram em elogios á bondade e mais prendas do noivo.

Francisca acceitou sem repugnancia a mão que lhe offereciam. O casamento foi marcado a principio para o fim do luto; porém tanto insistiram sobre a necessidade de abreviar o acto, tanto fallaram da satisfação da alma do defunto, por vêr sua esposa e filhos amparados, que se anticipou a epoca.

Uma pessoa não fôra ouvida, que, entretanto, acompanhava com anciedade o desenvolvimento do drama da familia. Era Manoel, então na idade de nove annos. Sombrio e taciturno desde a morte do pai, o menino gastava o tempo com os arreios, o cavallo, as roupas e armas do amansador : o que elle considerava sua exclusiva e tambem unica herança. Podiam dispôr do mais, da casa e do campo; d'aquillo não, que lhe pertencia, como insignia ou brasão de familia.

Esta solidariedade das gerações não é um privilegio da aristocracia. A alma immortal, em qualquer nivel da sociedade, tende a projectar-se no futuro, além do tumulo; por isso tem necesidade de crear raizes profundas nas tradições do passado.

A olhar durante horas e horas aquelles objectos orphãos do dono, Manoel sentia derramar-selhe pelo seio uma força immensa, que de repente o crescia de muitos annos. De menino ficava quasi homem ; e então uma voz intima lhe annunciava que o filho havia de ser digno do pai.

Quando o Loureiro voltou a Ponche-Verde, da primeira vez, o menino o recebêra com repugnancia, mas sem aversão. Não podia vêr indifferente a causa da morte do pai; esse individuo era uma legenda viva de sua desgraça; o coração confrangia-se em face d'elle. Por outro lado, seu espirito infantil reconhecia a innocencia do negociante; e por vezes contemplava n'elle o documento eloquente do valor e generosidade de João Canho.

Tornando porém o sujeito repetidas vezes, e recebido com mostras de bom agazalho pela viuva, começou o menino a incommodar-se com as visitas. Desejára que sua mãi não accolhesse com bondade o estranho, e nem mesmo o visse. Se no principio afastava-se do Loureiro, agora, mal o avistava, sahia para evitar que lhe fallasse. Durante a visita, levava a chamar pela mãi sob qualquer pretexto, e a importunal-a com o fito de fazer que deixasse a companhia do hospede.

Já proximo do casamento, uma das amigas da viuva, talvez de accordo com esta, deu-lhe a primeira noticia.

— É mentira! É mentira!... gritou a criança em desespero.

Como insistisse a mulher, affirmando ser verdade, Manoel atirou-se a ella com furor, rasgando-lhe a roupa e arranhando-lhe o rosto com as unhas. Foi necessario que a mãi o castigasse. A pobre alviçareira jurou nunca mais se intrometter com semelhante diabrete.

Dias depois, estando Loureiro em casa da viuva, succedeu sahir ao campo, depois de almoço, para dar uma volta a pé. Observou elle que Manoel o seguia, e demorou-se a esperal-o, talvez com o desejo de grangear emfim as boas graças do teimoso menino. Este, porém, que o viu parar, fez o mesmo. Seguiu pois o negociante, mas sempre acompanhado de longe pelo filho de Canho. A tentativa reproduziu-se duas vezes sem resultado.

Muito adiante, percebeu Loureiro perto de si ligeiras pisadas; voltou-se. Ali estava o menino, e trazia empunhada uma grande faca, maior que o seu braço; sem duvida era a de João Canho.

Receiou Loureiro que o menino, projectando alguma travessura, viesse a ser victima da arma:

— Para que é esta faca, Manoel ?

— Para te matar !

— A mim ? Que mal lhe fiz eu, meu filho ?

— Não sou teu filho!... gritou a criança querendo ferir.

Emquanto o negociante subtrahia-se aos golpes esforçando por arrancar a arma das mãos do menino, elle rangia os dentes, repetindo com voz surda:

— Não has de casar com minha mãi!... Não quero!

Francisca apenas soube do que era passado, quiz castigar o filho e o faria sem a intervenção de Loureiro. Depois ficou a scismar se o menino teria razão n'aquella repugnancia. As pessoas do seu conhecimento a quem ella communicou seus receios, os desvaneceram, zombando de semelhantes escrupulos. Não passavam de caprichos de criança os aborrecimentos do Manoelsinho. O melhor remedio para isso era apressar o casamento; breve o menino se acostumaria com o padrasto, e acabaria por estimal-o, como devia.

Casou-se emfim a viuva. N'esse dia ninguem viu Manoel.

Onde estaria?

Abraçado com a cruz de páu que indicava, no meio do campo, o logar onde repousavam as cinzas de João Canho.

IV

MURZELLO

Uma semana depois do casamento, Juca, o filho mais moço da viuva, que teria cerca de tres annos, adoeceu.

A principio a enfermidade se apresentou sem o minimo caracter de gravidade; não fizeram caso. Dias depois o mal tomou de repente um aspecto assustador, e ao cabo de algumas horas succumbiu a criança.

Ficou a mãi inconsolavel, não só da perda de seu filho mais querido, como tambem do pouco zelo que tivera no começo da molestia. O marido a acompanhou no pezar; os vizinhos e pessoas da casa todos se mostraram sensibilisados com a morte do menino.

Manoel foi excepção no luto, como havia sido na alegria.

Em quanto os mais choravam, elle brincava risonho com o irmãosinho morto e já posto no caixão.

Uma rapariga, que ali estava, perguntou-lhe :

— Você não tem pena de seu maninho?

— Pena de que?... Elle vai para onde está nosso papai. Não quiz o outro que lhe deram, não !... Tambem eu hei de ir ; mas depois que tiver feito uma cousa !

Com a perda do irmão, ainda mais arredio da casa tornou-se o menino do que era desde o casamento. Passava o tempo a campear, comia nos ranchos com os piões, e muitas vezes succedeu por lá dormir. A mãi descansava sabendo que elle estava bom ; e deixava-o em plena liberdade. A presença do filho produzia n'ella um vexame inexplicavel, senão era um vago remorso.

Alguns mezes passados, Loureiro fallou em mudar-se para sua casa do Alegrete ; a mulher accedeu promptamente a esse desejo, e começaram os preparativos. Ambos sentiam certa repugnancia por estes logares.

Manoel declarou desde logo que não sahiria da casa paterna, senão amarrado. Resolveram pois não contrarial-o; havia na visinhança um velho pião, homem de confiança, a quem se podia incumbir a guarda do menino, até que o isolamento em que ia ficar vencesse a sua obstinação.

Tinha o negociante destinado a tarde da vespera da partida para fazer suas despedidas aos moradores da estancia. N'esse designio se encaminhou para a varanda onde guardavam os animaes.

Ali estava Manoel sentado em um cepo, divertindo-se em escovar o pello de um cavallo. O animal nada tinha de bonito; era alto, ossudo e esgalgado, mas sabia-lhe fogo dos olhos, e a firmeza dos jarretes anunciava sua força e impetuoso vigor. Chamava-se Murzello; fôra o cavallo predilecto de João Canho, o socio de seus triumphos nas parelhas, o companheiro fiel de suas excursões e viagens. Não havia em toda a campanha de Bagé um corredor de fama como aquelle.

— Arreie meu cavallo, disse o Loureiro a um pião que sahia da choça.

— O cavallo está se ferrando.

— Não ha ahi outro animal?

— Só o Murzello, que foi do defunto.

— Pois arreie.

Manoel estremecêra. Vendo entrar o pião, atirou-se ao peito do cavallo, cingindo-lhe o pescoço com os braços e procurando defendei-o com seu corpo contra o intento do rapaz, que se preparava para sellar o animal.

— Não arreia, que eu não deixo! exclamou o menino com raiva.

Lagrimas de colera e dôr saltavam-lhe dos olhos, e cahiam sobre a cabeça do animal que elle apertava ao peito para subtrahil-o ao freio. O Murzello, docil e submisso, deixava abraçar-se pelo menino; mas a sua pupilla negra ás vezes incendiava-se e desferia rapidas centelhas.

Acudiu o negociante que ouvira os gritos de Manoel e, retirando-o á força, acenou ao pião indeciso:

— Ponha o freio.

— Não hade pôr! gritou Manoel. Quer tomar o cavallo de meu pai, como já tomou a mulher. Está muito enganado!

O teimoso menino, aproveitando-se da commoção que suas palavras tinham produzido no negociante, escapou-se e travou do freio, forcejando por tiral-o da mão do pião. Nova luta se travou entre Loureiro e o enteado; a quem o desespero duplicava as forças.

O negociante irritado subjugou o menino contra as varas da ramada, emquanto o pião, assobiando com certa indifferença escarninha, acabava de arreiar o animal.

— Solta-me, demonio! gritava Manoel.

— Menino, socegue, se não quer que o amarre.

— Tu és capaz?

O pião acabára de sellar o cavallo, que puxara para fôra da ramada. Prendendo Manoel dentro da palhoça, o negociante saltou na sella, antes que o alcançasse o menino que forcejava por abrir a cancella mal segura com uma correia.

Vendo Loureiro montado no cavallo, succumbiu o menino. Com o semblante horrivelmente pallido, os braços cabidos e o corpo vacillante, seus olhos pasmos projectavam-se das orbitas, com o arrojo de sua alma, para o animal que não podia proteger.

Entretanto o Murzello, parado ainda, fitava de esguêlha a pupilla nos olhos do menino, soltando um relincho soturno que lhe arregaçava o beiço, e mostrava a branca dentadura. Seria acaso um riso sardonico do cavallo?

O caso é que os olhos baços do menino irriadiaram; e do choque dos dois lampejos subitos, chispou uma scentelha ardente. N'esse momento, não obedecendo o Murzello ao toque das redeas, o negociante roçou-lhe as esporas. Estremeceu todo o brioso cavallo, mas estacou, na apparencia calmo; foi quando o negociante fincou-lhe as rositas, que elle girou os pés com espantosa rapidez, e atirou-se pelo campo fóra aos trancos, semelhante a uma bala que salta fazendo chapeletas.

O menino seguia a scena com anciedade; seu peito offegava; a respiração ardente lhe crestava os labios entreabertos; por vezes seu rosto, como que imbutia-se em uma lividez marmorea, cuja expressão era má e sinistra.

De repente soaram dois gritos: um de prazer, outro de angustia.

O Murzello, abolando o corpo, rodára pela cabeça, esmagando o cavalleiro no chão duro e pedregoso Quando o pião chegou em soccorro do negociante, já o achou moribundo.

A esse tempo o cavallo corrêra para Manoel que o abraçou, e saltando ligeiramente na sella, começou a ginetear pelo campo. O ardego animal, pouco antes furioso contra um cavalleiro destro e robusto, agora docil e submisso sob a mão debil de um menino, escaramuçava pelo gramado soltando relinchos de alegria, e amaciando o galope para não sacudir o gaúchito.

V

A GUAIACA

Levaram o estancieiro em braços para a casa. Oito dias depois falleceu em consequencia do desastre.

Ficou Francisca outra vez viuva. Os dois infortunios, soffridos dentro de um anno, embotaram a pequena dose de sensibilidade que lhe coubera em partilha. Tornou-se de uma indifferença extrema para os desgostos, como para os prazeres. Quando, mezes depois, deu á luz uma menina, filha posthuma do segundo matrimonio, este acontecimento não passou para ella de um accidente material; algumas dôres curtidas, e mais uma cria na casa.

Manoel cresceu mas sempre concentrado e

misanthropo. Parecia que essa alma em flôr, crestada ao desabrochar, se confrangêra em um capulho negro e rijo. Lá se encontra no algodoeiro, entre as capsulas cheias de alvo e macio cotão, algum enfezado aleijão herbaceo que nutre as larvas. Era o coração do rapazinho um aborto semelhante.

O espirito guarda ainda mais do que a materia as primitivas impressões. É uma lamina polida a consciencia do menino, onde a luz da razão nascente esgraphia com extraordinario vigor as primeiras imagens da vida. Muitos outros raios projectam depois em nós sombras vigorosas, que todavia não desvanecem esse estereotypo indelevel da infancia.

Para Manoel, o mytho da realidade, bem cedo esboçado, foi a morte do pai. Elle entrou no mundo pelo portico da dôr. O triste acontecimento, que o arremessou prematuramente da infancia á adolescencia, coincidiu com outros factos, que, embora restrictos ao circulo da familia, e encerrados em um breve espaço de tempo, formaram uma especie de miniatura da vida. N'essa pagina se desenhou em escorço a imagem da existencia humana.

Das creaturas mais queridas do homem que se finára, uma, sua esposa e companheira, subtrahira-se á memoria d'aquelle a quem jurára eterna fidelidade e se entregára a um estranho. Outra, o Juquinha, debil criança, desprendida d'este mundo desde que lhe tinham morto o pai e roubado a mãi, voára para o céo.

Os camaradas, esse appendice da familia, haviam passado do serviço de Canho para o do Loureiro com a maior indifferença. Não pareciam ligados a seu antigo patrão, mas ao dono da casa, qualquer que elle fosse.

Não achava pois o menino em torno de si um coração humano, que identificasse com sua dôr, e partilhasse a saudade que enchia-lhe a alma. Só o cavallo, só o Murzello, parecia comprehendel-o.

Esse amigo fiel não esquecêra o dono; nem esmorecêra. Depois da morte do amansador, não consentiu que ningüem o montasse a não ser o filho, porque este aprendêra do pai a fallar-lhe. Quando o intruso da casa teve o arrojo de cavalgal-o, supporton paciente a affronta, mas para vingar o senhor.

Era essa a interpretação dada por Manoel á catastrophe que matou Loureiro. Não lhe passava pela mente que esse acontecimento fosse filho do acaso, enxergava n'elle a punição de um crime, e uma lição que o brioso animal inflingira á mulher ingrata.

Assim o primeiro symbolo do amor que se gravou n'alma de Manoel não foi uma figura humana, porém o vulto de um corcel.

Isolou-se o menino cada vez mais do seio da familia. Um cilicio moral interpôz-se entre o filho e a mãi; da parte d'esta era quasi um remorso; da parte d'aquelle um profundo resentimento. Á natureza inerte da viuva faltavam as ternas expansões do amor materno, que podiam, ainda mesmo dilacerando-lhe a alma nos espinhos, penetrar o coração de Manoel e attrahil-o.

Mais tarde Jacintinha talvez podesse vencer o afastamento do irmão, e trazer de novo seu coração ao regaço da familia. Adorava ella Manoel; mas tal respeito lhe infundia o gaúcho, que a enleiava e retrahia. De um lado o rapaz sentia-se tomado de sympathia pela menina; porém recalcava este impulso e o combatia, porque via n'elle uma complicidade com o esquecimento de Francisca pela memoria de João Canho. Podia elle amar a filha do homem que fôra causa da morte do pai? Devia considerar sua irmã o fructo de uma união que elle condemnava como um perjurio e uma ingratidão.

Foi d'este modo que a alma do gaúcho emigrou, da familia primeiro e depois da sociedade humana, para a raça bruta que symbolisava a seus olhos a fidelidade, a dedicação e a nobreza. Seu coração ermo e exilado buscou naturalmente na communhão d'essas creaturas a correspondencia dos sentimentos innatos ao homem.

De semelhante exotismo moral ha milhares de exemplos no mundo. Não vemos a cada instante individuos nascidos no seio de uma familia honesta ou de uma classe superior, que se acclimamatam na sentina da sociedade? Em Manoel a aberração fôra mais profunda, pois o lançára longe de seus semelhantes; felizmente, porém, o coração não se depravou; conservava suas affeições, élos moraes que só desamparam a creatura quando o vicio gasta a alma; acreditava no amor e na amizade; sentia a attracção do bem. Mas toda esta seiva robusta se transplantára para regiões estranhas e differentes d'aquellas onde viçam e florescem as paixões humanas.

Desertando das affeições domesticas, não se eximira comtudo o rapaz de seus deveres de filho e irmão. Cedo compenetrou-se da responsabilidade que pesava sobre elle como chefe da familia. Loureiro, tido em conta de abastado, só deixára dividas; a pequena loja pouco valia; e faltando quem a dirigisse, nada.

Ficára no mesquinho espolio de João Canho uma *guaiaca* de couro de veado, bordada a fio de seda em ponto de debuxo. A aba ou capirota da bolsa, era abotoada por uma moeda de prata. No centro de uma cercadura de rosas, via-se um coração vermelho traspassado por uma seta verde. Já tinham as côres desbotado com o tempo, mas o trabalho estava perfeito, e revelava ainda sua primitiva belleza.

Fôra esse o presente de amor que Francisca dera ao Canho, quando se namoravam. Manoel, chamando a si exclusivamente os objectos de uso pessoal do pai, que a mãi deixára a sua disposição, encontrou a bolsa e chorou. Como fizera com a roupa e outros trastes, guardou-a para um dia trazel-a comsigo, quando fosse homem. Acceitando o encargo que lhe deixára o pai de provêr á decente subsistencia da familia, o rapaz lembrou-se da bolsa e abrindo-a para medir á capacidade, murmurou comsigo :

— Cheia de onças e patacões, juntamente com a casa, chegaria bem para minha mãi viver socegada o resto de seus dias, e dar um dotesinho a Jacinta. Então poderei dispôr de mim; se morrer, não farei falta á ninguem!...

Depois de ficar um instante pensativo, concluiu :

— É preciso que eu encha a bolsa.

Desde então a escarcella, fechada dentro de uma malla, recebeu todo o dinheiro que o rapaz ganhou com seu trabalho. Tinham decorrido quasi doze annos depois da morte de João Canho, quando o gaúcho conseguiu enchel-a.

N'esse dia Manoel foi resar junto á cruz de páo, e repetir o juramento que tinha feito, de vingar a morte do pai. Nada mais o detinha; assegurára o futuro da familia; agora podia dispôr livremente de sua existencia.

Á noite ao recolher-se, Manoel disse a Francisca :

— Esta madrugada saio para Entre-Rios.

— Boa viagem, meu filho.

— O que tem n'esta bolsa é para a mãi e Jacintinha.

— A que vem isto agora?

— Talvez eu não volte!

— Manoel! balbuciou a viuva.

Jacintinha chorava.

O gaúcho afastára-se para escapar á emoção, mas parou na porta, de costas voltadas para a mãi e a irmã; hesitava; de repente voltou apressado, abraçou a ambas, e desappareceu.

Nos olhos borbulhava uma lagrima, que não chegou a brotar, pois logo estancou.

Partira Manoel, e ahi estava de volta, sem ter cumprido ainda o seu terrivel juramento. Depois de dois mezes de ausencia, não achou um sorriso para a mãi e a irmã, de quem se podia ter separado para sempre.

VI

MANO

No dia seguinte ao da chegada, mal rompeu a alvorada, já estava o gaúcho com seus novos amigos, a baia e o poldrinho. Tirou-os fôra para respirarem o ar frio da manhã e brincarem sobre a relva. Emquanto caracolavam alegremente mãi e filho, Manoel, sentado n'um coche de páu lavrado, estava-se a lembrar de um bonito nome para dar ao poldrinho.

Jacintinha, apparecendo no alpendre, os viu e approximou-se. Não deixava a menina de sentir sempre um invencivel acanhamento quando chegava-se perto do irmão. O amor que lhe tinha a arrastava muitas vezes; e outras mais a arredava; porque ella vivia entre dois receios, de importunar o irmão com sua insistencia, ou de o desagradar com sua esquivança.

Ao avistal-a, o primeiro gesto do gaúcho foi de enfado: não pela irmã, mas por elle que desejava estar só, para gozar da companhia de seus amigos. É necessario advertir que havia um pudor extremo na affeição que Manoel votava aos animaes. Se o encontrassem a abraçar algum e a amimal-o, como já tinha acontecido, córava. Era a sós que as expansões de seu coração desafogavam-se livremente.

— Oh! como é bonitinho, Jesus! Que velludo!... E as clinas!... annelladas como os meus cabellos!

Estas exclamações soltára-as Jacintha cruzando as mãos de admirada. Depois de um instante de contemplação, sentou-se na outra ponta do coche, e fazendo covo o regaço do vestido, começou a chamar o poldrinho com essa linguagem especial que têm as mulheres para cada especie de animal, desde os pintainhos. Ao mesmo tempo que os labios apinhados exhalavam um som muito semelhante a um muxoxo continuo, batia ella com os dedos no regaço.

Parece que a menina enfeitiçou o poldrinho,

pois não tardou elle em vir aos pulos pôr-lhe a cabeça no collo, e entregar-se nos seus braços. Sem mais cerimonia começou Jacintinha a beijal-o, e fazer-lhe cocegas nas orelhas; d'ahi a um momento eram os maiores camaradas, e folgavam travessamente pelo gramado.

Foi de ciume o primeiro movimento de Manoel, ao vêr a sympathia das duas *crianças* : e lembrando-se que o pai de Jacintinha roubára Francisca á memoria do esposo, e ao amor do filho, irritou-se.

Não bastava que lhe tivessem desterrado o coração da familia, ainda por cima vinham magoal-o no exilio, perturbando suas innocentes affeições e seduzindo o objecto d'ellas?

N'isto reparou na egoa, que a alguns passos olhava a menina a folgar com o poldrinho. Um estranho não veria no animal cousa que lhe despertasse attenção. Para o gaúcho, porém, a baia tinha uma attitude; aquella posição frouxa e descansada sobre as quatro patas, exprimia, em um animal brioso e ardego, certo embevecimento de ternura, que ameigava-lhe o coração. A moça, criada no campo, é assim; quando a fronte reclina, e o pésinho buliçoso dorme sobre a esteira, não ha que vêr, tocaram-lhe no coração.

Mas, além do gesto, a baia sorria de prazer, e Manoel bem lhe percebia os palpites que estremeciam os rins e se communicavam, em doces vibrações, á longa e basta cauda. Estava o animal possuido de uma terna emoção que o enlevava.

Comprehendeu Canho que a mãi sentia-se feliz vendo o contentamento do filho. Os raios d'aquella pupilla scintillante penetraram em sua alma, e apagaram as sombras que um máo sentimento já ahi espargia.

De repente o espirito do gaúcho achou-se envolto em uma d'essas illusões agradaveis, que se estendem pelos horizontes da imaginação como lindas miragens. Representou-lhe a mente um casal de bellas criancinhas, brincando na esteira; ao lado uma linda moreninha que os contemplava rindo-se de gôsto.

E a illusão foi tal, que Manoel começou a vêr nas ondulações do lustroso pello da baia as inflexões de um collo airoso e os requebros seductores do talhe da rapariga; nos saltos do poldrinho a graciosa petulancia do menino. Ao mesmo tempo que por estranha confusão lhe parecia que as tranças annelladas de Jacintinha se desatávam pelas espaduas como a formosa clina de uma poldrinha, e o pé travesso batia o chão com a altivez e ardimento de um casco gentil.

Arrancou-o do extase a voz da irmã.

— Como se chama elle, Manoel?

— O poldrinho?... Não sei.

— Ah! ainda não tem nome!... Pois ha de ser *Destemido!*

O gaúcho abanou a cabeça.

— Então *Voador.*

Repetiu Manoel o gesto negativo.

— Está bom... *Relampago?*

— Não; disse Canho apanhando a lembrança que despontára. Ha de chamar-se *Juca.*

— Juca!... O maninho que...

Cravando um olhar rijo na menina respondeu elle pausadamente:

— Sim; o mano que morreu.

— Bravo! exclamou Jacintinha batendo as mãos.

E repetindo aquelle gazeio do principio, começou de chamar o poldrinho, intermeiando-lhe o nome.

— Juca!... Juquinha!... Tome, tome!...

Correndo a ella o poldrinho, cingiu-o ao collo e o levou a Manoel.

— Ande, sô Juca, ande, venha abraçar o mano! Assim!...

A exclamação da menina, ao ouvir o nome do poldrinho, fôra direita ao coração do gaúcho. Applaudindo essa resurreição de um ente querido na pessoa do lindo animal, Jacintinha entrára no adito d'aquella alma exilada da sociedade humana. Juca era o élo que os unia, pois a menina se elevava até elle, considerando-o como um irmão. Pela vez primeira, Manoel estreitou a irmã ao peito, cingindo-a e ao poldrinho em um mesmo abraço. A egoa veio roçar a cabeça ao hombro do gaúcho; e assim consagrou-se a doce communhão d'aquella nova familia.

— E ella?...

— Chama-se *Morena*, respondeu o gaúcho, beijando a baia entre os olhos.

VII

A LANÇA

Tinha decorrido um mez quando Manoel se pôz de novo a caminho para as margens do Uruguay, que atravessou no passo de Itaqui. Montava a Morena; adiante trotava o Juca, e ao lado gineteavam o Murzello, o Ruão e o resto da tropilha.

D'esta vez o gaúcho ia devagar; receiava chegar cedo; tinha medo que sua vingança lhe escapasse ainda.

No fim da outra semana, estava em Entre-Rios, na casa de Perez. Quiz perguntar pelo Barreda, e hesitou. Se elle tivesse morrido? Pouco durou essa inquietação. O entre-riano passára pela pousada na vespera.

Manoel tomou outra vez, depois de tres mezes, a direcção da casa. Avistando-a, recordou-se do espectaculo a que assistira, e sentiu um movimento de compaixão, que logo abafou.

O gaúcho não tinha odio ao Barreda.

A vingança da morte do pai não era para sua alma a satisfação de um profundo rancor; mas o simples cumprimento de um dever. Elle obedecia a uma intimação que recebêra do céo; á ordem d'aquelle que sempre tinha presente á sua memoria. E obedecia friamente, com a calma e impassibilidade do juiz, que pune em observancia da léi.

Foi por isso que d'esta vez, avistando a casa, não sentiu a menor emoção.

Recolheu á tropilha em um capoão e mudou os arreios da Morena, em que viera, para o Murzello. O generoso cavallo, amigo fiel de João Canho, tambem devia ter sua parte na vingança.

Eram 11 horas do dia; uma trovoada estava imminente, que nublava o céo, obumbrando os raios do sol.

Manoel atravessou a esplanada a galope, e chegando á porta da casa, bateu com o cabo da lança. Instantes passados, appareceu na soleira um homem de baixa estatura e forte compleição, orçando pelos 50 annos. Era o Barreda; sua apparencia já não conservava o menor vestigio da grave enfermidade.

O gaúcho não deu tempo a que o entre-riano o reconhecesse, nem mesmo o interrogasse.

— Tu não me conheces, Barreda. Sou Manoel Canho; filho do homem que assassinaste cobardemente. Bem sabes o que me traz aqui á tua porta, depois de doze annos.

O castelhano recuára por precaução, apenas percebêra o intento do gaúcho :

— Não tenhas medo : se eu fôsse um assassino como tu, ha muito tempo já teria-te estendido morto, antes que soltasses ai Jesus! Vim para te matar em combate, e restituir a teu coração a lança que deixaste no corpo de meu pai. Ensilha o cavallo, toma as armas, e sahe cá para o campo.

— Então reza o credo, que és um homem morto.

Fechou-se a porta, e o Canho, parado a uma quadra, esperou o entre-riano. Este não tardou, vinha bem montado, e trazia um arsenal de armas : pistolas nos coldres, faca á cinta, lança na garupa, e as bolas meneiadas na mão direita.

Os dois inimigos arremetteram com igual sanha. Á meia carreira o Barreda lançou as bolas; mas o Murzello, attento e destro n'esse exercicio, parou, e de um tranco pôz-se fóra do alcance do terrivel projectil. Brandindo a lança, Manoel correu então sobre o castelhano.

Mas este já tivera tempo de armar as pistollas, e com ellas em punho esperava o gaúcho para atirar pelo seguro, a alguns passos de distancia. Não logrou seu intento, pois o gaúcho fazendo escaramuçar o murzello, procurou de longe illudir a pontaria, para precipitar-se contra o inimigo apenas este lhe deixasse uma aberta, e cravar-lhe a lança.

Foi então uma luta de rapidez e agilidade entre cavallos e cavalleiros; emquanto estes mudavam de attitude a cada instante, ora mascarando-se com o corpo do animal, ora, quando fugiam á desfilada, voltando a frente para não perder os movimentos do inimigo, os cavallos de seu lado apostavam de ligeireza e força nos galões que davam para o lado, e na promptidão com que empinavam para rodar sobre os pés, ou arremessar o salto.

Afinal o gaúcho, aproveitando um descuido,

investiu contra o Barreda, que desfechou um sobre outro seus dois tiros. Longe de se estirar pelo flanco do animal para cobrir-se, Manoel se expoz para não sacrificar o Murzello ; mas elle confiava na sua ligeireza e na segurança do olhar. A cada tiro mergulhava, por assim dizer, no espaço que o separava da terra.

Agil tambem, o castelhano evitou a ponta da lança, mas com o choque dos dois animaes, esbarrados na disparada, lhe resvalou um pé até o chão. Nada seria, pois facilmente ganharia elle a sella, se o Murzello não tivesse mordido com raiva o pescoço do castanho.

Vendo-se desmontado, Barreda correu para ganhar a porta da casa, onde se ouvia alarido e choro de mulher.

Tomando então a manopla, e fazendo voltear as bolas, o gaúcho atirou-as; o castelhano cahiu estropiado a cincoenta passos da casa. Em um instante Manoel estava sobre elle, calcando-lhe o pé no peito.

— Pede perdão a Deus, que chegou tua hora.

O castelhano de raiva emmudecêra.

A mulher do Barreda prostrava-se n'esse momento aos pés de Manoel, implorando compaixão para o marido. Riu-se o gaúcho com dureza e escarneo :

— Virá outro marido para a consolar.

Arredando a desgraçada mulher, chegou o ferro da lança aos olhos do castelhano :

— Conheces!... É a lança com que ha doze annos feriste meu pai á traição. Eu jurei que havia de cravai-a em teu coração, mas depois de vencer-te em combate leal. Chegou o momento.

Com uma calma feroz, espetou o ferro da lança, no corpo do assassino de seu pai, atravessando-lhe o coração como faria com uma folha secca.

Murzello, que se conservára immovel ao lado, durante toda esta scena, avançou a um signal do senhor, e por ventura ensinado, pisou com a pata a face contrahida do moribundo, que ainda estremeceu, ante essa derradeira affronta.

Emquanto a victima se debateu nas vascas da agonia, Manoel a contemplou friamente. Quando se apagou o ultimo vislumbre de vida, se afastou sem lançar um olhar de compaixão á mulher desmaiada.

N'essa occasião, o cavallo do morto chegou-se ao corpo para o farejar, soltando lamentos de dor. Commoveu-se o gaúcho com essa prova de amizade; e approximando-se acariciou o animal. Queria elle consolal-o da perda que soffrêra?

Subito cortou os ares um hennito fremente e afflicto, ao tempo que reboava pela campanha o estrondo de um tiro

Manoel Canho tombou, rolando pelo chão.

VIII

A CRUZ

Tanto que Manoel lanceára o entre-riano, assomava no teso fronteiro um pião.

Era esse, o mesmo negro que, dois mezes antes, o gaúcho encontrára perto da casa, em companhia do frade chamado para confessar Barreda. Pertencia elle á estancia da qual era capataz o morto.

Percebendo o que succedêra, e conhecendo que seu auxilio já não podia salvar a victima, colheu o negro as redeas ao cavallo, que a principio arremessára na esperança de chegar a tempo. Saltou no chão, e por cima da sella, armado o trabuco, preparou a pontaria com a maior attenção.

Quando teve bem firme pela mira a bota direita do gaúcho, o que lhe dava certeza, com o desconto da arma, de atravessar o coração da victima, um sorriso de caçador arregaçou o beiço do negro, que desfechou o tiro.

Antes porém que batesse o cão da espingarda na caçoleta, repercutira a dois passos um relincho agudo.

Era a Morena. Sahindo do matto, onde a deixara o gaúcho, a egua parára um instante no alto da lomba, e estivera contemplando de longe a scena do combate. Chevaga justamente o pião, cujos movimentos despertaram a attenção do corajoso e intelligente animal.

Presentiu a egua que a pontaria feita pelo pião ameaçava a existencia de seu amigo, do homem que a restituira a seu filho? Ou obedeceria ella a um impulso repentino, levada unicamente pelo desejo de correr ao logar onde estava o Murzello?

Ninguem sabe até onde se póde elevar o instincto do bruto generoso, sobretudo quando se põe em communicação com almas da tempera de Manoel Canho.

Arrancando aos galões, a Morena disparára

como uma bala. Ao passar por junto do pião, desfechou-lhe nas costas um couce que o atirou de bruços sobre a macega, aos pés do cavallo; e foi esbarrar junto ao corpo de Canho, estendido n'uma barroca do terreno.

Estacando ahi para farejar o corpo, sobre o qual tambem o Murzello estendia o focinho, a egoa soltou outro relincho estridente, e rodando sobre os pés volveu a corrida com igual velocidade, na direcção onde havia tombado o pião. Tão pouco tempo decorrêra, que este ainda não se recobrára da dôr e surpreza, e jazia emborcado no chão.

Ouvindo o estrupido do animal que se approximava e receioso de uma nova esfrega, o negro levantou a cabeça a custo, e estremeceu. A egoa estava sobre elle; porém, cousa mais terrivel do que o vulto do animal, tinham distinguido seus olhos.

Na altura do braço esquerdo da Morena, onde termina a omoplata, appareceu-lhe um semblante ameaçador que o espavoriu. Ao mesmo tempo, semelhante á projecção de mola de aço, vibrou um punho que arrebatou-lhe da mão o trabuco fumegante.

O Canho pois não estava morto, como suppuzera o negro, nem sequer ferido.

Para o gaúcho, o rincho era a palavra do cavallo ; elle comprehendia o sentido d'essa linguagem rude, mas energica. Na Morena sobretudo, nenhuma impressão, nenhum movimento traduzia a voz do intelligente animal, que não repercutisse fielmente n'alma do rio-grandense.

Ouvindo-lhe o nitrido, Manoel adivinhou ás primeiras notas o sossobro do temor e a angustia, pela tremula vibração da voz sempre limpida e argentina. Voltando-se de chofre, entreviu rapidamente o salto da egoa, e o vulto do negro com o trabuco apontado para elle. Antes do pensamento já o instincto da conservação o tinha lançado ao chão, contra uma leiva natural do terreno, que o podia proteger.

Fôra inutil, se a Morena o não tivesse prevenido, derrubando o negro antes que o tiro partisse. A mãi extremosa acabava de pagar sua divida de gratidão ao homem que lhe salvára o filho, salvando por sua vez a existencia do generoso amigo.

Manoel o comprehendeu ; quando elle cahiu, já o tiro havia soado, e comtudo não fôra ferido, nem ouvira sibilar a bala. Estremeceu, pensando que em sua dedicação o intrepido animal se houvesse sacrificado, arrojando-se contra a arma assassina.

Com que extremo de gratidão e alegria não cingiu elle o collo da Morena, inquieta por vel-o no chão! A egoa, porém, não lhe deu tempo de acaricial-a, pois voltou sobre os pés, levando suspenso á espadua o gaúcho seguro apenas pela ponta da bota na anca, e pela mão esquerda segura na cernelha. Não passára de todo o perigo; o negro ainda conservava na mão a arma homicida.

Arrebatando-a, Manoel a brandiu nos ares, para esmigalhar o craneo do inimigo. Este, erguendo meio corpo sobre os cotovellos, juntou as mãos, implorando compaixão.

Ainda o gaúcho pôde ver o movimento quando já desfechava o golpe; imprimindo á arma diverso impulso, foi ella, girando como a pedra de uma funda, cahir longe n'uma touça de macega.

— Vai enterrar teu capataz : disse Manoel.

O negro obedeceu á ordem. A haste da lança, cravada no coração da victima, surdia fóra da cóva cerca de uma braça. Manoel quebrou um troço da outra lança com que pelejára Barrêda, e atou-o de travês com um tento de couro crú, formando os braços de uma cruz.

Terminada assim a triste cerimonia, procurou no campo uma pedra para deital-a no pé da cruz, sendo elle o primeiro a praticar esse acto de piedade e respeito pelas cinzas do morto.

Muita gente ignora o que significa esse costume de chegar o passante uma pedra para a cruz, erigida á beira do caminho: É uma singela devoção do povo. Em falta de louza, sella-se o tumulo com um comoro de seixos.

Quando Manoel partiu d'esse triste logar, sentiu na face uma ligeira humidade; era lagrima, ou gotta do suor que lhe escorria da fronte?

Atravessando a Banda Oriental, o gaúcho passou a fronteira em Jaguarão. Queria vêr Bento Gonçalves e fallar-lhe. Depois do que fizera, carecia, para viver tranquillo, da approvação de seu padrinho. O coronel era para elle o symbolo da coragem, da honra, da justiça, da virtude. Aquillo que elle achasse bom devia merecer a graça de Deus.

Bento Gonçalves tinha em Camacuan duas propriedades: a chacara do Crystal, residencia habitual de sua familia, e a estancia de S. João, distante d'aquella quatro legoas. O serviço militar porém o retinha constantemente em Jaguarão, onde aquartelava o 4° regimento de cavallaria, cujo commando reunia ao da fronteira.

Muitas vezes o chamavam fóra da villa as necessidades do serviço, ou visitas ás proximas estancias, nas quaes havia de ordinario jogo forte de parada. Como todo o homem habituado a uma existencia cheia de perigo e agitações, o coronel carecia das emoções d'esse passatempo.

IX

A VIOLA

Em caminho da fronteira, qne elle acabava de transpôr para a villa, teve Manoel a fortuna de encontrar o coronel. O commandante oriental, D. Fructuoso Rivera o convidára para uma tertulia.

— Pois agora é que voltas, rapaz? exclamou o coronel, reconhecendo o afilhado. Já te suppunha esfaqueado!

— Ainda não, meu padrinho! disse o gaúcho a rir.

— É que os taes amigos são da pelle do cão; o cuchillo não lhes cochila na mão; replicou o coronel fazendo um trocadilho com o nome castelhano de punhal.

— D'esta vez, cochilou e está dormindo, que só ha de acordar no dia de juizo.

— Então?...

Esta pergunta do coronel foi acompanhada de um revez da mão direita estendida, figurando o bote de uma espada.

— Nada; plantei-lhe no coração a lança que elle deixára lá em casa ha dez annos.

— Conta-nos isso, rapaz. Quero vêr como te sahiste.

O coronel suspendeu a perna no estribo, e descansando sobre o quadril dispoz-se a ouvir a narração do Canho.

O gaúcho referiu tudo o que passára entre Barreda e elle; mas simplesmente, sem encarecer a sua intrepidez e destreza, nem desfazer no adversario. O gaúcho tinha consciencia, mas não orgulho de seu valor. Para um rio-grandense, e especialmente para o filho de João Canho, ser bravo, tanto como o mais bravo, era obrigação Não havia merito n'isso.

— Muito bem, Manoel.

— Então, meu padrinho, acha que não me sahi mal?

— Caramba! Desafiaste sósinho teu inimigo e

o mataste em combate leal, escapando á traição! Melhor do que isso não ha! Até serviste de medico e enfermeiro ao sujeito; e o pozeste são para a viagem do outro mundo.

Acompanhou o coronel estas palavras com uma grande risada. N'esse momento excitou-lhe a attenção um salto da egoa. O lindo animal, vendo a comitiva do commandante, parára em distancia; mas a pouco se fôra approximando. Como tentasse um camarada pôr-lhe a mão na espadua, ella relanceou d'um pulo, salvando uma touceira de cardos.

— Oh! Que lindo animal trazes tu, Manoel! exclamou Bento Gonçalves com satisfação de picador. É para negocio? Abre preço, rapaz!

— Não, senhor; esta não se vende.

O gaúcho hesitou balbuciando:

— Mas se meu padrinho...

— Nada, Manoel; sei o amor que a gente toma a estes brutos. Aposto que lhe queres tanto bem como á tua namorada.

Na despedida, quando o gaúcho lhe beijava a mão, o coronel deixou-lhe na palma uma onça de ouro.

— Em Jaguarão comprarás uma mantilha de

ponto real, e um turbante de plumas: a mantilha é para minha comadre, o turbante para tua namorada.

E dando de redeas ao ginete, sumiu-se em uma nuvem de pó.

Era dia de Nossa Senhora da Conceição.

A villa tinha ares domingueiros; acabára a missa havia pouco tempo; ainda as ruas estavam cheias de grupos de mulheres com mantilha e homens em trajo de cidade.

Apeou-se Manoel Canho a uma loja onde se vendiam fazendas, chá, rapé, e quinquilharias. Escolheu a mantilha para sua mãi, e um turbante de plumas escarlates para Jacintinha. N'aquella época esse toucado era uma das ultimas novidades da moda; consistia em uma faixa de setim bordada a ouro, cingindo a cabeça em fórma de coifa, e ornada com duas ou tres plumas que se annelavam pelos cabellos.

Acommodados os dois objectos na boceta de folha de pinho, que elle occultou debaixo do ponche, Manoel encaminhou-se á venda, onde da vez passada tinha pousado.

Junto do balcão estava uma grande roda de piões e gente do povo a beber genebra e a parolar. No alpendre, que seguia em continuação á quadra da taberna, via-se tambem outra roda de piões; estes já haviam molhado a garganta, e se entretinham em descantes ao som da viola, a qual ia correndo de mão em mão, á medida que passava ou acudia a inspiração.

Eram mais ou menos os mesmos sujeitos que ahi estavam reunidos no dia do desarmamento de Lavalleja. Na primeira roda destacava o Lucas Fernandes, antigo miliciano que exercia agora o officio de selleiro. Na segunda se distinguiam o Felix, rapaz sacudido de seus vinte anuos, que ainda era aparentado com o selleiro e trabalhava na sua tenda; finalmente o ferrador, o tropeiro, o carneador, e o pião que tinham, havia dois mezes, se apresentado como noivos á Catita e por ella foram recusados.

Tambem ahi estava o Chico Baeta fazendo roda a uma formosa rapariga de cabeção de cacondê e saia de cassa branca com ramagens azues. Era a Missé, que trazia o pião de canto chorado.

No momento em que entrou o Canho, cabia a mão ao carneador, sujeito largo de hombros e corpulento bastante. Tendo apparecido a Catita, começou o tocador a requebrar-se para ella, ruminando comsigo um mote para cantar-lhe.

N'esse dia estava a Catita toda faceira e cheia de si, com uma saia curta de setim azul, um corpinho de belbutina escarlate franjada de prata, sapatinho raso de duraque com meia de renda que mostrava o moreno rosado da perna roliça.

Tinha chegado n'aquelle instante da missa; e ouvindo tanger a viola na venda que ficava contigua á sua casa, correu para lá com a petulancia e liberdade proprias da idade e educação da gente de sua classe.

O carneador, que tambem era barqueiro, pois remava nas lanchas da charqueada, para trazer a carne á villa onde se baldeava para os hiates; lembrou-se de tirar o thema do verso da segunda profissão, mais poetica sem duvida que a de matar rezes.

Sahiu-se por isso com esta quadrinha:

> Lá vem um barco á bolina,
> Carregadinho de flôr;
> É meu coração, menina.
> Atopetado de amor.

Á cantiga do barqueiro respondeu Catita com um momo de enfado, levantando os hombros desdenhosamente e voltando-lhe as costas. A menina tinha birra antiga do sujeito, não só pelas enormes bochechas e immenso corpanzil, como pelas denguices com que elle a perseguia desde certo tempo.

Já se afastava da roda a menina, quando arrependendo-se ou talvez sentindo o arrôjo do estro que tambem ella cultivava como flôr agreste, voltou-se com um riso brejeiro, e ao som da viola tangida pelo carneador, atirou-lhe com a pontinha do beiço esta resposta :

Sou canôa pequenina
Do rio do Jaguarão...

Repetiu duas vezes este começo, dando tempo talvez para acudir-lhe a rima ; por fim terminou assim :

Sou canôa pequenina
Do rio do Jaguarão,
Não vejo barco á bolina,
O que vejo é tubarão.

A ultima palavra foi acompanhada de uma careta, com que a Catita procurou, insufflando as bochechas, arremedar ao carneador. Uma estrondosa gargalhada, que desnorteou o sujeito, applaudiu por muito tempo o epigramma da menina.

Corrido, o tocador para não dar o braço a torcer, ainda continuou por alguns instantes a baralhar desengraçadamente na viola, até que descarton-se d'ella entregando-a ao Felix.

Por sua vez o rapaz fez seus requebros á Catita, que ria-se, mas não lhe dava corda. Havia no trato da menina para com o official da tenda de seu pai um ar de superioridade, que percebia-se á primeira vista, e contra o qual Felix não se revoltava; ao contrario o acceitava com humilde submissão. Essa arrogancia que elle não soffreria do mestre da tenda, nem de qualquer outro homem, causava-lhe intimo prazer. Via n'ella um signal do bem que Catita lhe queria.

Entretanto o Canho, tendo affrouxado a cinxa do Murzello, emquanto descansava, approximou-se da roda para ouvir os descantes e assistir ao passatempo, não perdendo de vista a Morena e o poldrinho que excitavam a admiração e os gabos dos entendidos.

Catita foi uma das que se recostaram ao parapeito do alpendre para festejar o Juca, n'esse dia de uma travessura e gentileza sem igual. Ora gambeteava como um cabrito pela rua afóra, subindo ao respaldo das casas; ora começava a fazer afagos e negaças á mãi, prompta sempre a brincar com elle.

Vendo a menina debruçada no parapeito e desejoso de chegar-se, Felix offereceu a viola a quem desejasse.

— Então, gente, não ha quem queira?

Ao que parecia, já estavam todos satisfeitos de brincadeira, pois nenhum dos piões tomou o instrumento, pouco havia tão disputado.

— Já que ninguem quer!... disse o Canho estendendo a mão.

Depois de afinar a viola, e acertar um acompanhamento simples e facil, porém vivo como o trinado do sabiá, o Canho, encostando-se na hombreira da porta e erguendo os olhos ao céu, como quem procurava ali no azul diaphano o raio da inspiração, começou a descantar.

Sua voz era cheia e sonora. Apesar de um tanto aspera, não deixava de haver doçura nas notas vibrantes que se desprendiam de seus labios; mas era a harmonia agreste dos lufos do vento no descampado, ou do canto da sariema na macega do banhado.

Começou elle atirando o mote de seu descante, n'este rapido estribilho:

Livre, ao relento,
Pobre, sem luxo,
N'aza do vento
Vive o gaúcho.

A attenção geral foi vivamente excitada. As pessoas presentes fizeram roda e ficaram suspensas dos labios do Canho, cuja physionomia torva de ordinario, brilhava n'esse momento illuminada por lampejos de inspiração.

X

O TURBANTE

Depois de uma pausa, o Canho feriu de novo as cordas da viola.

A roda se apoderára do estribilho, que repetiu em côro, respondendo Manoel alternadamente ao mote com uma das coplas da cantiga.

Livre, ao rálento,
Pobre sem luxo,
N'aza do vento
Vive o gaúcho.

Quanto possue, traz comsigo,
Dorme no chão sobre a grama,
Serve-lhe o poncho de abrigo,
A xerga da sella é cama.

Livre, ao relento, etc.

No banhado, na coxilha,
Onde pára, chega em casa;
Dá-lhe o churrasco a novilha,
Dos ossos arranja a braza.

Livre, ao relento, etc.

Ainda não rompe a aurora
Já no rancho o mate chupa;
Por este campos afóra,
Sempre a correr. Hupa!... hupa!...

Livre, ao relento, etc.

No rio é barco, navega,
Montado no seu cavallo;
No campo faisca e cega
Saltando por sanga e vallo.

Livre, ao relento, etc.

Ponteiro como o tufão
Rompendo os montes d'arêa,
Pincha a manopla da mão
Que o touro feroz bolêa.

Livre, ao ralento, etc.

Vence o ginete ligeiro
Na caça o veado arisco.

Tem as azas do pampeiro,
Tem o fogo do corisco.

Livre, ao relento, etc.

A ema veloz alcança,
Como um gigante, seu braço,
Que rijo meneia a trança
E longe arremessa o laço.

Livre, ao relento, etc.

Arreda! Arreda!... No campo
Lá vem roncando a borrasca.
Não é trovão, nem relampo,
Mas sim a furia d'um guasca.

Livre, ao relento, etc.

Senhor de todo este pampa
Que tem o céo por docel;
Rei do deserto, elle campa
No throno de seu corcel.

Livre, ao relento, etc.

S'está na villa ao domingo,
Na toada da viola
As saudades de seu pingo
Cantando, o peito consola.

Os applausos que por diversas vezes tinham interrompido o trovador, proromperam afinal. Onde aprendêra o gaúcho essa lettra tão bonita? Era tirada de sua cabeça, ou tomada de alguma cantiga que ouvira nas cidades?

Soltando a ultima nota, Manoel afastou-se rapidamente, e sentou-se na outra ponta do alpendre onde lhe trouxeram almoço. A roda a pouco e pouco se foi dispersando; e instantes depois já não restava senão um ou outro amigo da cachaça, que não podendo bebel-a por falta de cobres, ao menos queria sentir-lhe o cheiro consolador.

De repente sentiu o Canho cingir-lhe o pescoço um collar macio e tepido; eram os braços da Catita que os tinha enlaçado como uma cadeia. Voltando o rosto surpreso, viu o gaúcho um rostinho mimoso, banhado em um sorriso provocador, e esclarecido por um olhar languido e fagueiro.

— Você me dá aquelle poldrinho, sim? dizia a voz, doce como um favo de mel.

Manoel desatou seccamente o enlace que o prendia, e desviou-se da menina aborrecido. Aquelle pedido lhe parecia uma offensa; e o modo por que fôra feito ainda mais o contrariava.

Arredando-se do logar onde estivera sentado, procurou esquecer-se da menina : acabado que foi o almoço, accendeu o cigarro, ajustou os arreios, e cuidou de pôr-se a caminho.

Ia montar quando sentiu que lhe faltava alguma cousa : era a boceta que deixára ficar sobre o banco onde a principio estivera sentado. Voltou a procural-a.

Catita a tinha visto, e movida, pela curiosidade, sem pensar na indiscreção que commettia, a abrira. A vista do lindo turbante a fascinou ; quiz experimentar si lhe servia ; ajustou-o na cabeça ; e começou a faceirar-se pelo alpendre, segurando nas saias em ar de mesura.

N'essa occupação a veio achar o Canho ; dos dois o mais enleiado não foi ella, que breve recobrou a sua petulancia ordinaria e sahiu-se com um gracejo.

— Já sei que foi para mim que trouxe este lindo toucado. Fico-lhe muito obrigada, disse fazendo-lhe uma mesura. Serve-me perfeitamente ; e até diz com o meu corpinho de belbute !

Em verdade não se podia imaginar um enfeite mais gracioso para aquelle rostinho gentil, moldurado pelas tranças annelladas de uns lindos cabellos negros. Catita parecia um anjinho de procissão, como os vestem ainda hoje, com um trajo bem profano.

O olhar vendado que ella deitava a Manoel e o sorriso que lhe brincava nos labios, ninguem imagina que brilho, que belleza e seducção davam a esse mimoso semblante.

Manoel, alcançando a mantilha, fugiu sem importar-se com o turbante, e tão depressa que nem ouviu a voz da menina a chamal-o:

— Moço, tome o seu toucado!

Quando o Lucas Fernandes sahiu fôra, já o gaúcho sumira-se na estrada; d'ahi induziu o selleiro que fôra aquillo um meio de dar o presente a Catita. Elle não acreditaria por certo que um homem tão desempenado como o gaúcho tivesse medo de uma criança de treze annos.

Em Bagé comprou o Canho outro presente para Jacintinha, em substituição do turbante. D'esta vez escolheu um indispensavel, nome que davam então a uns saccos de seda bordados de missangas.

XI

MANCEBO

Cresceu o Juca.

Manoel esmerou-se em sua educação. A seiva era ardente e generosa ; o exemplo da mãi, assim como os conselhos e desvelos do amigo, desenvolveram com extraordinario vigor aquella natureza impetuosa.

Assistindo a essa expansão de forças e instinctos nobres, sentia o gaúcho jubilos paternos. As gentilezas do poldro o faziam palpitar ; tinha verdadeiro orgulho, não de possuir, mas de dominar pelo amor, como uma creatura sua, o bizarro animal.

Quando ia á povoação e a gente corria ás portas para vel-o passar, montado na linda egua e acompanhado pelo formoso poldrinho que caracolava ao lado, tinha-se o gaucho em conta do homem mais feliz e invejado de toda aquella campanha.

Ás tardes os dois irmãos, pois Jacintinha fôra admittida ao gremio d'essa mutua affeição, passavam a brincar com a Morena e o Juca. Manoel depois que não era só a querer os seus amigos perdêra aquella nimia susceptibilidade de pudor que d'antes tanto o segregou: o exemplo da menina o animava. Demais, quem sómente os olhava era Francisca, sentada no alpendre. Essa não se dava do que faziam os filhos; nem mesmo sentia o isolamento moral em que elles a deixavam.

Todavia, no meio do contentamento d'esses brincos, tinha Manoel ás vezes um sossobro. Vinha sentar-se á parte, silencioso. Admirando o donaire da Morena e os flexuosos contornos de suas fórmas, suspirava; alguma cousa faltava áquella belleza, que elle não sabia definir. Todas as cordas do coração vibravam com as emoções que n'elle despertava a companhia d'esses amigos queridos; mas uma havia, que logo depois de percussa, destendia-se brandamente, sob o mago influxo de uma saudade que se dilatava além, pelo tempo afóra.

O gaúcho não tinha outro passado, além da infancia monotona e triste que vivera n'aquella es tanela : todas as suas recordações estavam encerradas na casa paterna. Entretanto ás vezes sentia elle vagas reminiscencias de uma delicia ineffavel, que lhe invadia os sentidos e se apoderava de toda sua alma. Então errava-lhe ante os olhos uma linda imagem de mulher vaga e indecisa, que talvez já vira, mas não se lembrava quando; e, cousa singular, essa imagem, assomava como uma transformação do vulto gracioso da Morena.

Muitas outras vezes, punha-se Manoel a observar a menina e a baia, e inadvertidamente se esquecia ao ponto de comparal-as, como se fossem creaturas da mesma especie: duas raparigas, uma ainda menina, e a outra já moça. Pareciam-lhe mais lindas, que os annellados cabellos louros de Jacinta, as crinas negras e crespas da baia. Era alva a menina, alva como o leite derramado sobre uma conchinha de nacar. Ao irmão se afigurava que seria mais seductora nas faces e pelo collo da mulher, uma tez ardente e voluptuosa como a tinha a Morena. Esbelteza de talhe, mimo

de fôrmas e graças titillantes de beija-flôr, ninguem as possuia como a filha do Loureiro; e comtudo aquella vigorosa carnação das ancas e o esgalgo dos rins, que debuchavam a estampa da baia, Manoel as contemplava com deleite. Devia de ser aquelle o typo da belleza na mulher.

De repente as duas creaturas se confundiam, ou antes se transfundiam. Esse vulto gracioso de menina crescia, tornava-se donzella e revestia as prendas que elle invejava da Morena, para uma bonita moça. E d'ahi, d'essa hallucinação dos espiritos, surgia um sonho ou visão, que um poeta chamára seu *ideal*; mas para o rude gaúcho era apenas seu *feitiço*.

Essa visão tinha o moreno suave e o sorriso fagueiro da menina que elle vira em Jaguarão; mas sobretudo, a scintillação do olhar que lhe traspassára o coração como a faisca de um raio.

Depois de semelhantes desvarios, ficava o gaúcho preso de um estranho acanhamento. Não se chegava para as duas creaturas; nem mesmo se animava a deitar-lhes os olhos. Se acaso alguma d'ellas vinha fazer-lhe uma das costumadas caricias, o exquisito rapaz se afastava córando. Em compensação redobrava seu carinho pelo poldro. Abraçava-o com transportes vehementes, e o envolvia da mystica effusão paternal, que é uma refracção do amor conjugal. Quando o homem estreita o filho ao coração, elle sente palpitar n'aquelle tenro seio duas vidas; a primitiva d'onde elle gerou-se, que é uma vida duplice e mutua, e a recente, borbulha ainda adherente ao tronco por dois pontos, a teta materna e a mão do pai.

Não obstante o crescimento precoce de Juca, não quiz Manoel embotar esse vigor nascente: deixou que se expandisse livremente na plenitude da natureza selvagem. Aos tres annos porém attingira o potro seu completo desenvolvimento. Aquella gentileza infantil dos primeiros pulos cedeu ao arrojo viril do salto e ao passo altivo do corcel. O casco batia e escarvava o chão cum ufania; já a pupilla incendiava-se com os fogos da paixão, e o relincho, que elle soltava aos ares, tinha a mascula vibração do clarim.

Emfim estava Juca um mancebo.

Quem já provou o contentamento de se reviver no filho homem, comprehenderá o que sentiu Manoel n'esses dias. Pela primeira vez montou elle o soberbo ginete, e deu algumas voltas pelo campo. Insensivelmente lhe acudiu a lembrança d'aquelle tempo em que seu pai, João Canho, o levava, a elle novato, em sua companhia, para habitual-o a viajar.

Tinha Juca a belleza da mãi com quem se parecia na elegancia do talhe e esbelteza da fôrma. Entretando sob essa estampa, igualmente fina e delicada, palpitava uma estructura mais nervosa e robusta. A mesma roupagem dourada não tinha as suaves ondulações da baia: ao contrario, inflammava-se com vivos e brilhantes reflexos.

CAMARADA

Emquanto ahi n'esse canto deslisa a existencia obscura e tranquilla do Canho no seio da familia; além ensaia-se o drama terrivel que breve ha de ensanguentar a provincia e transformal-a em um campo de batalha.

Desenvolvia-se n'esse momento o prologo da revolução, que não tardaria a romper.

Desde 1832, quando se realisou em Jaguarão o desarmamento de D. Juan Lavalleja pelo coronel Bento Gonçalves da Silva, plantaram-se na provincia os germens de uma conspiração, no sentido de proclamar a independencia e republica. O caudilho oriental tinha empregado os maiores esforços para fomentar essa propaganda, que favorecia seus planos de trefega ambição.

Data d'esse tempo a creação das sociedades secretas, ramificadas por todos os pontos da provincia. Ahi se preparavam, sob a invocação de liberdade, os elementos politicos para a revolução, cuja tendencia real havia de ser determinada no momento pelos homens de influencia, que assumissem a direcção dos acontecimentos.

Retirando-se da provincia, onde permanecêra algum tempo, Lavalleja, de volta a Buenos-Ayres, obteve para o futuro estado a protecção secreta de Rosas, já elevado á dictatura, pela necessidade da salvação publica, como o declarou o congresso. Acompanhára ao caudilho o Fontoura, que tão saliente papel veio a representar na republica de Piratinim. Naturalmente assistiu elle ás conferencias onde se planejou a grande Confederação do Prata, formada dos tres estados independentes de Buenos-Ayres sob a dictatura de Rosas, Montevidéo sob a dictadura de Lavalleja, e Rio Grande sob a dictadura de Bento Gonçalves.

N'esse partido que se preparava para a resistencia armada, havia uma fracção que era francamente republicana, e aspirava á independencia para formação de um estado unido da grande Confederação do Rio da Prata. O espirito republicano dominava essa fracção a tal ponto que desvanecia de momento a repugnancia tradicional das duas familias da raça latina. Mais tarde essa antipathia se teria de manifestar, como succedeu com a Cisplatina.

Netto e Canavarro eram a alma da opinião republicana.

A outra fracção muito mais numerosa do partido da resistencia não tinha idéas de separação e independencia. Limitava-se a restaurar e manter o que chamava liberdade, palavra tão vaga na linguagem dos partidos, que em seu nome se commettem os maiores attentados contra a lei e a justiça.

A essa numerosa parcialidade, da qual era chefe incontestado Bento Gonçalves da Silva, o homem de maior influencia na provincia, adheriam sinceramente não só os liberaes da campanha, como a classe militar, decahida do antigo lustre com a politica democratica e pacifica, inaugurada pela revolução de 7 de abril.

Assim, por uma contradicção muito commum em politica, dois interesses oppostos, mas offendidos, se reuniam para destruir o obstaculo commum. É o effeito dos governos fracos e perplexos como foi o da regencia trina; soffrem ao mesmo tempo a irritação dos alliados e o despreso dos adversarios.

Por muito tempo Bento Gonçalves, apesar da seducção do mando supremo, que sorria á sua ambição, resistiu ás instancias do grupo republicano. A historia lhe fará essa justiça: que sua energia, a lealdade de seu caracter, e o grande prestigio de seu nome, contiveram a revolução, desde muito incubada no animo da população.

Por ventura não actuaria no espirito do coronel o principio monarchico tão fortemente quanto o sentimento da nacionalidade e sobretudo da dignidade da raça. Como brazileiro devia repugnar-lhe a communhão com os povos de origem hespanhola, que elle, veterano encanecido nas pelejas, havia combatido desde os primeiros annos.

Nem podia escapar á sua perspicacia o futuro que estava reservado ao Rio Grande, na sonhada confederação. Fôra preciso cegar-se completamente para não conhecer que o novo estado seria mais uma presa do caudilho feliz, que nos devaneios de sua ambição aspirava á restauração do antigo vice-reinado de Buenos-Ayres, para trocar então por uma corôa o chapéo de dictador.

Receioso da agitação que se manifestava na provincia, o governo da regencia chamára á côrte Bento Gonçalves, e affirma-se que elle voltára disposto a empregar sua influencia em bem da ordem publica. A verdade é que, embora accusado de excitar os animos, não se aproveitou, para proclamar a revolta, de tantas occasiões que lhe offereceram repetidos motins, especialmente o de 24 de outubro de 1834.

Bem longe de defender a revolução, a julgou talvez com extrema severidade. Não foi unicamente um crime politico, um attentado á integridade do Imperio, foi mais do que isso: foi um grande erro que felizmente não se consummou. A separação do Rio Grande seria um sacrificio de sua nacionalidade, que brevemente ficaria absorvida, senão anniquilada pela anarchia das republicas platinas. Não se decepa um membro para dar-lhe força.

A historia, superior ás paixões, restabelecerá a verdade dos factos. Não é meu proposito antecipal-a. D'essa pagina apenas destaco o vulto do homem que figurou como protogonista da tragedia politica, em cuja scena tambem se representou o drama simples e obscuro que me propuz narrar.

Succediam-se os dias na vaga expectativa de um acontecimento, que parecia inevitavel, quando correu a noticia da demissão de Bento Gonçalves, apeado pelo presidente dos dois commandos, o do 4 corpo de cavallaria e o da fronteira de Jaguarão. Esse e outros actos de energia teriam sopitado a resistencia, se não fossem contrariados pela indecisão do governo da regencia, cuja fraqueza contagiava os auxiliares da administração. A mudança do presidente, talvez como uma concessão a Bento Gonçalves, reanimou seu partido, sem comtudo satisfazel-o.

A demissão do coronel foi considerada como um desafio lançado pelo governo á revolução; e portanto estabeleceu-se na campanha uma convicção de que o rompimento d'essa vez era inevitavel. Esse acto enchera a medida do descontentamento.

Manoel soube da noticia em uma estancia proxima, onde a trouxera um pião chegado n'aquelle momento de Bagé. Entrando em casa, achou a mãi e Jacintinha sentadas n'uma esteira a trabalhar.

— O coronel foi demittido!

Não se disse mais palavra. Todos comprehendiam o alcance do facto. Passado o primeiro movimento de surpreza, Francisca levantou-se e foi procurar a mala velha de João Canho; emquanto a filha tratava de arranjar a roupa do irmão, a velha limpava a reúna, encostada e sem serventia desde 1812. Manoel de seu lado revistava seus arreios, o laço e as bolas, concertando ou substituindo as peças estragadas.

Estes preparativos de longa ausencia, talvez eterna, duraram dois dias. Ao cabo d'elles, o gaúcho abraçou a mãi e a irmã, que se debulhavam em pranto, e montando no Juca, partiu a galope acompanhado da Morena e mais tropilha.

Em caminho soube que o coronel já não estava em Jaguarão, e se retirára á sua estancia. Seguiu, portanto, na direcção de Camacan, onde chegou ao cabo de oito dias de jornada. Bento Gonçalves tomava seu mate chimarrão passeando na varanda.

— Então, que novidade é esta?

— Eu assim que soube, vim. Bem sei que meu

padrinho não precisa de mim; mas o coração me pedia.

— E porque não hei de precisar de ti, rapaz? disse Bento Gonçalves abraçando-o. Estava justamente eu á procura de tres camaradas valentes e promptos para tudo. Assim arranjo-me comtigo que vales por tres, mas tens um corpo só, o que não dá tanto na vista como um farrancho de capangas.

— Força, não terei; mas boa vontade tenho por dez. Póde ficar certo.

Bento Gonçalves ia frequentemente a Porto-Alegre, onde gozava de uma grande popularidade conquistada por seu caracter franco, genio liberal e maneiras cavalheirescas. Em principio, essas excursões tinham um fim politico; irritado com a demissão, assentára de reagir, ameaçando a presidencia com manifestações populares em favor de sua causa.

Satisfeito porém o amor proprio com o receio que seu nome incutia, descansou na certeza de mudança proxima, não só do presidente, como do governo geral pela eleição de Feijó para o cargo de regente. O fim das constantes visitas a Porto-Alegre já não era senão dar pasto á prodigiosa actividade, consumindo o tempo nos divertimentos da capital e nos jogos de azar onde se perdiam grandes sommas.

Depois de sua chegada a Camacan, era Manoel quem acompanhava Bento Gonçalves n'essas excursões frequentes. N'aquelle tempo não havia segurança pelos caminhos: e um homem da posição do coronel devia ter muitos inimigos, para com razão acautelar-se contra qualquer surpresa.

Tal era porém a confiança que tinha em si e no camarada, que viajava tão tranquillo como no meio de uma escolta.

XIII

A PROMESSA

Uma semana tinha decorrido, depois que Manoel Canho deixára Ponche-Verde.

Deviam ser 10 horas da manhã.

Estava Jacintinha sentada no alpendre da casa occupada em bordar a crivo uma nesga de cambraeta. Seus dedos ageis iam debuxando os relevos do desenho, estampado em um molde cujos lavores appareciam sob a transparencia do linho.

A linda menina promettêra a Nossa Senhora cobrir com uma toalhinha bordada por suas mãos o berço de seu adorado Menino Jesus, para que a Virgem em sua infinita bondade conservasse á mãi o filho ausente.

Por isso, desde muitos dias se occupava a menina tão assiduamente com esse trabalho. Estava impaciente por cumprir a promessa, e assegurar para seu querido irmão a protecção da Mãi de Deus. Em sua fé ingenua, imbuida das crenças populares, pensava ella que o favor divino dependia d'essa humilde oblação. Acabada a toalhinha e levada ao altar para servir no dia de Natal, Manoel ficaria invulneravel; não haveria mal que lhe chegasse mais.

Soou no campo o tropel de um cavallo. Erguendo os olhos com a curiosidade propria de sua vida retirada e monotona, viu Jacintinha um cavalleiro desconhecido ; pelo ar, como pelo trajo dava mostra de não ser do logar. Tinha um chapéo de abas curtas e reviradas, com galão á moda hespanhola; calções e jaleco de panno verde escuro bordado com torçal escarlate; faixa de seda vermelha; e botas á escudeira.

O cavalleiro tambem de seu lado já tinha descoberto Jacintinha, e olhava para ella attentamente. Passando além da casa, voltou-se na sella e assim caminhou algum tempo para não perder de vista a moça.

Seguiu o desconhecido na direcção do pequeno povoado, que se compunha apenas de uma duzia de casebres agrupados na margem do arroio. Não havia decorrido meia hora, quando elle tornou pelo mesmo caminho, passando segunda vez em frente á casa. Agora, porém, trazia o cavallo, á campear, não só para mais garbo do andar como para disfarce da demora.

Esse passo alto e cadente, que o animal tira com nobreza, apesar de vivo e prompto, pouco avança; e succede muitas vezes, colhendo a redea o cavalleiro, ser marcado no mesmo logar, á semelhança de um soldado quando executa uma evolução. Foi justamente o que succedeu d'aquella vez.

Quasi fronteiro ao alpendre, o desconhecido fez o cavallo brincar no mesmo terreno, sem adiantar uma pollegada; ao contrario, de vez emquando empinava o garboso ginete, que passarinhando recuava a escarvar o chão.

No meio d'estes floreios o cavalleiro cortejou com um gesto de galanteria a moça, que excitada pelo rumor erguêra os olhos, porém logo os abaixou confusa para o bordado, onde ficaram pregados.

Depois de algumas escaramuças, para chamar de novo a attenção da menina, vendo que era baldado o intento, usou o cavalleiro de uma estrategia. Fez empinar o ginete e soltou um grito fingindo espanto ou medo. Assustada, Jacintinha voltou-se, cuidando que uma desgraça succedêra ao desconhecido.

Mas este, risonho e sempre galante, fez um novo cortejo com o chapéo, e partiu a galope antes que a menina voltasse a si da surpresa.

No dia seguinte repetiu-se a scena da vespera, com a differença de que Jacintinha já prevenida não mostrou a mesma curiosidade, embora até certo ponto a sentisse. Em vez de olhar de frente para o cavalleiro, ella acompanhava de esguelha seus movimentos, parecendo unicamente occupada com o bordado.

A insistencia do desconhecido em passar todas as manhãs afugentou Jacintinha do alpendre ao cabo de tres ou quatro dias. De dentro da casa, pela fresta da janella, sem ser vista, reparava quando o mancebo já de volta de seu passeio sumia-se ao longe; e então ia tomar o cantinho do costume.

Um dia o desconhecido, suspeitando do que passava, depois de ter acabado seu passeio, escondeu-se por perto. Quando a menina tomou seu logar, elle approximou-se sem que o percebessem, e ficou enlevado em contemplar a belleza da irmã de Manoel. Por acaso Jacintinha deu com os olhos n'elle, assim embebido em extase e adoração; estremeceu, empallidecendo de susto; quiz erguer-se para fugir, mas cahiu sobre o banco, e ahi ficou palpitando com a cabeça baixa e o corpo inerte.

O desconhecido tinha desapparecido, e tres dias não voltou.

Á tarde, apparecendo uns dois piões que vinham ver a viuva e saber noticias do Manoel Canho, fallaram das novidades da terra e contaram o que se dizia pelas vendas e povoações a respeito da rusga.

— Agora está arranchado na estancia um chileno que veiu da outra banda, e vai até Cruz Alta; elle diz que a rusga não tarda.

— Pois de certo, desde que demittiram o compadre; acudiu Francisca.

Jacintinha estremeceu, ouvindo fallar no estrangeiro. Foi com a voz tremula e disfarçando sua confusão que ella perguntou a um dos piões, emquanto o outro continuava a conversa com a mãi :

— Esse sujeito que chegou... tambem vai para a rusga?

— Qual ! Anda vendendo seu negocio, e o mais é que traz couzas bem chibantes ! Não quer vêr ? Elle mostra...

— Não ! respondeu Jacintinha banhada em uma onda de purpura.

Quando se retiraram os piões, a moça no meio das scismas em que se enleava seu espirito, murmurou comsigo :

— Qualquer d'estes dias elle se vai embora e eu fico descansada.

A primeira vez que appareceu o desconhecido, depois de sua ausencia de tres dias, estava completamente outro do que antes parecia. Já não era o cavalleiro risonho e faceiro, porém um mancebo pensativo, acabrunhado por algum occulto pezar ; seu formoso cavallo castanho partilhava a tristeza do senhor; não tinha mais o garbo antigo, andava agora a passo, com o pescoço estendido e a cabeça baixa.

Jacintinha, que deixára o alpendre apenas reconheceu de longe o cavalleiro, acompanhando-o com a vista pela fresta da janella, reparou na mudança que se tinha operado no ar e maneiras do mancebo. Teve um presentimento de que era ella a causa d'essa magoa, e por sua vez reclinou a cabeça pensativa.

Dias depois a moça descobriu que lhe faltava, lá para certa costura, uma tira de fazenda. Consentindo Francisca na despeza, prometteu fazer a encommenda pelo proximo pião que fosse a Sant'Anna do Livramento.

— Quem sabe se o sujeito que está arranchado na estancia não terá.

— Elle é mascate?

— O Antonio disse que era.

— Pois manda vêr.

O pião incumbiu-se da commissão, e no dia seguinte apresentou-se em casa de Francisca o desconhecido cavalleiro, que não era outro senão D. Romero. Avistando-o, Jacintinha arrependeu-se de sua imprudencia, e quiz remedial-a não apparecendo ao mascate; mas era tarde. Elle a tinha cortejado com um modo tão delicado!

O chileno mostrou a Francisca e á filha uma grande porção de joias e galanterias, que trazia para tentar as damas. As duas mulheres se esquivaram, dizendo que estes objectos não eram para ellas, e sim para gente rica; mas D. Romero tinha palavras tão insinuantes, maneiras tão cortezes, que ellas não puderam afinal resistir ao desejo de vêr cousas tão bonitas.

Na passagem dos objectos de mão em mão, o chileno aproveitou a occasião para cerrar os dedos mimosos da moça. Ella zangou-se, mas encontrou um olhar supplicante, que a desarmou. Comtudo resguardou-se contra nova tentativa.

D. Romero captivára o agrado de Francisca, e desde então era bem recebido sempre que se apresentava em sua casa sob qualquer pretexto.

NOTAS

Gaúcho e *pião* são até certo ponto synonimos; ambos estes vocabulos designam o habitante da campanha do Rio Grande, o sertanejo do Sul, cujos costumes têm muitas affinidades com o vaqueiro do Norte.

Todavia o primeiro d'estes vocabulos exprime antes o typo, a casta, emquanto que o outro se applica especialmente ao mister ou profissão. Assim *gaúcho* é o habitante livre, altivo e independente da campanha, que elle percorre como senhor, levando a patria, como o antigo Scytha, nas patas do seu corcel. *Pião* é o proletario que se occupa de criação do gado nas estancias, para o que deve ter summa dextreza em montar a cavallo, correr as rezes no campo, laçal-as ou boleal-as sendo preciso.

O habitante da campanha do Sul não se deslustra por ser *pião*, que elle tem em conta de uma profissao nobre ; mas honra-se de ser *gaúcho*, de pertencer a uma casta independente, distincta e mais viril do que a dos filhos das cidades, enervados pela civilisação.

Por isso, muitos estancieiros ricos fazem timbre de ser *gaúchos;* adjectivaram o termo para designar os traços caracteristicos da casta, como a *lança gaúcha;* e crearam o verbo *gaúchar* para exprimir uma das feições do typo, a ociosidade e a casquilharia a cavallo. O ga*ú*cho é o janota da campanha.

Em uma obra do Sr. D. Alexandre Magarinos Cervantes, *Caramurú*, que eu só conheço por um artigo critico do Sr. Torres Caicedo, ha um estudo sobre o gaúcho argentino, do qual talvez aproveitasse muitas observações o Sr. conego Gay na curiosa nota 99, de sua *Historia da Republica Jesuitica do Paraguay.*

Desconheço a etymologia dos dois vocabulos, e ignoro se alguem antes de mim já se deu ao trabalho de investigal-a, o que é provavel. Todavia indicarei de passagem o resultado de minhas conjecturas a este respeito.

Gaúcho, de origem castelhana, usado principalmente nas margens do Prata, d'onde passou para o Rio Grande, parece-me ser corruptela do termo hespanhol *gacho*, o qual se applica ao boi ou cavallo que anda com a cabeça baixa ; d'ahi figuradamente se disse *sombrero gacho* por chapéo de abas largas cabidas, e se derivou *gachonear* e *gachoneria*, que exprimem a idéa de faceirice e galanteio. Ou pela fórma do chapéo de baeta ; ou pela garridice do pião, tocador de viola, cantador de modinhas, pernostico e cheio de labias; ou pela fórma do chapéo desabado; teriam começado a applicar-lhe aquelle termo; cuja pronuncia *gatcho*, a aspiração aspera do guarany tornou a principio em *gáutcho*, e depois mais abrazileirada em *gaúcho*.

Quanto á palavra *pião*, a difficuldade não está na formação do vocabulo, mas na metaphora que elle encerra.

Geralmente os lexicologistas consideram *peão* e *pião* um mesmo vocabulo com significações diversas. Quer me parecer que *peão* vem do latim barbaro *pedo*, *onis*, homem de pé grosseiro, *qui pedes latos habet;* d'ahi se derivou o italiano *pedone*, infante, isto é, soldado ou criado a pé, o francez *pion*, e o hespanhol *peon*, com a mesma significação.

Pião vem do latim *pinus*, o pinheiro, e *pinea*, a pinha; donde os italianos derivaram *pina*, os hespanhoes *pinon*, os francezes *pignon* e nós *pinhão*. Talvez em muitas significações d'essa palavra *pião*, influisse tambem a palavra *pinna* — aza, penna, para exprimir a idéa do movimento de rotação.

Peão é pois o homem que anda a pé; e figuradamente o mercenario, o individuo de baixa classe, o soldado de infantaria, e a peça conhecida do xadrez. *Pião* é a grimpa da torre; o mastro que levanta e ampara o cimo da tenda; o eixo do moinho; o reparo do canhão; a pitorra ou carrapeta; e finalmente a peça de manejo em torno da qual se fazem girar os animaes no picadeiro, quando os domam e ensinam.

Seria uma anomalia que *peão*, isto é, pedestre, fosse adoptado para significar a profissão de homens que passam a vida a cavallo, com tal excesso que têm á porta do rancho o animal arreado de manhã até á noite, e não andam cem passos a pé. Ainda que ha exemplos de taes inversões etymologicas, pareceu-me que a metaphora foi inspirada pelo termo de picaria, pelo manejo de ensinar os animaes.

II

Os hespanhoes que primeiro povoaram a America Central, deram o nome de *sabanas* ás immensas planicies rasas que se dilatam por aquellas regiões, e que realmente, no dizer dos viajantes, parecem á noite cobertas de um branco lençol.

É o mesmo que os Yankees chamam *far-west*, e os russos *estepes*. O termo hespanhol foi adoptado no francez e inglez; entre nós anda usado por boas autoridades. Quanto ao russo *estepes* já o vi empregado pelo Sr. A. Castilho, se não me falha a memoria, em um trecho da traducção de René.

Ambos são expressivos; mas nenhum tem a energia e a belleza do nome americano *pampa*.

III

A principio respeitei a corruptela da palavra *poncho*, que o vulgo pela homonymia confundiu com o antigo vocabulo portuguez *ponche*, de significação muito diversa.

No hespanhol, d'onde recebêmos as duas palavras, ha diversidade na terminação; nas chronicas antigas o mesmo se observa; mas creio que modernamente cessou a distincção, e ahi está o logar *Ponche-Verde* para o indicar.

Foi esse nome topographico a razão de adoptar em principio a versão moderna, do que logo me arrependi.

IV

Idiotismos e giria da campanha.

Sanga, pequena varzea ou brejo. — *Cochilha*, collina. — *Serro*, monte, ás vezes pedegroso. — *Lomba*, ladeira, encosta. — *Restinga*, lingua de matto á beira dos arroios. — *Banhado*, pequeno valle ou baixa. — *Biboca*, barrancas e grutas. — *Rincão*, pastio para cavalhadas. — *Potrero*, pequeno pasto proximo á habitação e cercado por vallado. — *Mangueira*, curral. — *Posto*, rancho do pião. — *Ramada*, choça de folhas. — *Estancia*, fazenda de criação. — *Capataz*, administrador da fazenda. — *Charqueada*, — fabrica do charque ou carne secca. — *Carneador*, o pião que mata a rez, esfola e mantêa a carne. — *Salgador*, o que a salga. — *Descarnador*, o que limpa e prepara o couro. — *Chimango*, o que toma conta dos ossos para extrahir a graxa. — *Continentistu*, o habitante do Rio Grande, termo de origem colonial, creado para o distinguir do habitante da ilha de Santa-Catharina. — *Bahiano*, todo o brazileiro do norte. — *Canella vermelha*, o paulista. — *Castelhanos*, os hespanhóes americanos. — *Cachetilha*, janota da cidade, opposto ao gaúcho que é janota da campanha. — *Churrasco*, carne apenas sapecada. — *Assado de couro*, carne que se assa ainda pegada ao couro, que lhe serve de caçarola — *Mondongo*, tripas ensopadas. — *Bagual*, cavallo selvagem, chucro. — *Poldro*, a cria de egoa emquanto pequeno. — *Potro*, poldro que attingiu todo o crescimento, mas não é cavallo ainda. — *Macega*, uma especie de capim. — *Pago*, pasto.

V

O laço é muito conhecido em todo o paiz; quanto ás bolas, são peculiares á campanha do Rio Grande do Sul e do Prata, onde os primeiros colonos receberam dos indigenas essa arma terrivel.

Consta de tres bolas de pedra, de ferro, ou de madeira, *retovadas* (cobertas) de guasca e presas a tres *fieis*, (correias) ligados pela extremidade : uma d'essas bolas é mais pequena e o seu fiel mais curto. Chama-se manopla; n'ella segura a mão, quando imprime a rotação ao projectil para arremessal-o. Costumam atiral-a 50 passos antes do animal que serve de alvo.

VI

Os arreios á gaúcha, muito usados nas provincias do sul, são bem conhecidos.

Compõem-se de muitas peças : primeiro se deita no costado do animal o *xergão*, que é um suador ou acolchoado para evitar que o animal se pize; em segundo logar a *carona* de baixo que é uma grande manta; depois a *xerga*, pequeno cobertor de lã, sobre o qual põem a fôrma de ferro do sellim, a que chamam *lombilho;* em cima d'està outra carona ou capa de solla bordada.

Acocham tudo isto com a cinxa, cilha muito larga, e cobrem com um pellêgo de carneiro colorido, e um cochonilho preto. Finalmente vem a badana, pequeno couro apertado por uma sobre-cinxa estreita. Parece-me que a origem d'esses arreios, se deve attribuir á introducção, em Hespanha e Portugal, dos usos e costumes mouriscos. Até as grandes esporas chamadas *chilenas* do nome Chile, talvez não sejam mais que uma exageração das antigas esporas mouriscas, muito usadas no tempo do descobrimento e colonisação do Brazil.

VII

Ha n'este livro algumas innovações philologicas.

Escrevo *capoão* e não *capão*, o nome da corôa ou ilha de matto. Além de mais correcta, e conforme á etymologia—*caa-apuam*, tem a vantagem de não se confundir com o outro vocabulo de origem portugueza. Assim como dizemos *capoera*, derivado da mesma raiz—*caa-apuamera*, matto raso, por já ter sido cortado, não ha razão para sermos incorrectos em capoão.

Hénnito—do lat—*hinnitus*, d'onde os francezes derivaram *hennissement*, não encontrei em Moraes ou Constancio. Fonseca, creio que dá *hinnir* e *hinnito*.

Para exprimir o rincho triste e prolongado do cavallo, não conheço mais perfeita onomatopeia do que esse vocabulo *hènnito*.

A longa aspiração na primeira syllaba da palavra esdruxula, traduz perfeitamente o rincho de dôr; assim *nitrido* exprime o rincho víril e marcial do corcel.

O latim *hinnio* veio sem duvida da mesma raiz que o saxonio *wannian*, lamentar-se, donde os inglezes tomaram *whinny* para exprimir a mesma idéa do rincho plangente.

VIII

A respeito do desarmamento de Lavalleja em 1832, achei bom cabedal na excellente obra do Sr. D. Pascual — *Apuntes para la historia de la Republica Oriental.*

Quanto, porém, á revolução rio-grandense de 1835, tive de consultar os jornaes do tempo, onde se acham transcriptas as participações officiaes. Não encontrei, nem tive noticia de chronica ou memoria escripta sobre este importante acontecimento, cuja lição não aproveitou; pois desde 1850, estamos reincindido nos mesmos erros, commettidos por Portugal, e por nós desde a independencia até que appareceu a explosão.

INDICE

LIVRO PRIMEIRO

O PIÃO

LIVRO SEGUNDO

JUCA

Paris. — Imp Paul Dupont (Cl.). = 63. 7. 23.

WS - #0294 - 030123 - C0 - 229/152/13 - PB - 9780332359656 - Gloss Lamination